ピッケル

フェイ
ミネルバ

農閑期の英雄

~騙されてSクラス冒険者になった
農家の青年、実は最強でした~

長谷川凸蔵

ぶんか社

C O N T E N T S

第一章

大量に積まれた荷物の重みで、牛馬ですら立ち往生してしまいそうなリヤカーが、街道に深い轍《わだち》を刻む。それを事もなげに引いているのは馬や牛ではなく、一人の青年だ。名をピッケルという。

「だいぶ進んだなぁ」

己の足跡を確認するため、青年は後ろを振り返った。はるか遠くに、青年の家の裏にある山が見える。いつもは近くで見上げても全景がわからないその山も、今は全て視界に収まる。

前を向くと、どんどん小さくなる山とは対照的に、青年の歩みと共にその姿を大きくしていく街があった。目的地である街を見ながら、青年は数日前に父に頼まれたことを思い出した。

『ピッケル、この農作物を売って金に換えて、肥料と土壌浄化草《どじょうじょうかそう》の種を買ってきてくれ。ついでにその金の一部を小遣いにして、王都を見学してきてもいいぞ。まぁ嫁さんでも探してこい』

今までは農作物を王都に卸《おろ》しに行くのは父の仕事だった。だが、十八歳となり成人しても、家の周囲しか世界を知らないピッケルを心配した父が、王都に行くのは任せる、と言ってきたのだ。

「よし、休憩終わり！」

早く王都に行って色々と見てみたい。湧《わ》き上がる好奇心を抑えられず、今まで歩いていたピッケルは、リヤカーを引っ張って走り出した。

王都に着いたピッケルは、門を潜《くぐ》り、市場へと向かった。すれ違う人々が大量の荷物と、それを軽々と引くピッケルを見て、一旦はぎょっとした表情を浮かべるが……、

——ああ、魔法で重量を操作しているんだな。

——ああ、リヤカーに、魔力での駆動アシスト機能が付いているのだろう。

と各々《おのおの》が勝手に心の中で推測し、自らを納得させていた。

ピッケルはといえば、好奇の目に晒《さら》されるのも気にせず、初めて目にする街を、好奇心の赴くままに見回していた。

程なくして、ピッケルは怒号の飛び交う市場の喧騒《けんそう》の中で立ち尽くしていた。

「持ってけ！　二十ゴートだ！」

「はぁ？　こんなの十六ゴートもありゃ買えるだろ！」

店と客の激しいやり取りが耳に飛び込んでくる。

「人とお店の数が凄《すご》いなぁ」

ピッケルは改めてきょろきょろと周りを観察した。市場のほとんどの店には値札がない。先ほど見たように、客と店で値段を交渉するのが主流なのだろう。

ピッケルは、上手《うま》くやれるだろうか、と心配になった。交渉どころか、父や母以外に、人と話したことなどなかったからだ。

とはいえここに突っ立っていても仕方がない、と思い、農作物の取り扱いをしている店を見つけ、己を鼓舞《こぶ》するように「よし！」と呟《つぶや》いてから、店主へと話しかけた。

「すみません、ちょっといいですか？」

「あーん？　今忙しいんだけどな」

遠慮がちに話しかけたピッケルに対して、男は高圧的に返事をした。その態度に、少し怯《ひる》んでしまうも、今度は声に出すことなく心の中で気合いを入れ、さらに言葉を続けた。

「これ、買い取ってほしいんですが」

――よし、ちゃんと言えたぞ！

表情には出さず、内心で喜んでいると、ピッケルの指さすリヤカーの荷物を一瞥《いちべつ》した男は、嘆息《たんそく》しながら返事をした。

「二百で買い取ってやるよ、置いてけ」

「え……」

父には、五百ゴート以下では売るな、と言われている。買い付ける物に対して赤字だからだ。

「今、市場では物がだぶついていてな。あとその果物、マスカレードメロンだけどな、足が早い果物だから、どこから来たかは知らんが、持って帰ってる間に腐っちまうんじゃねえか」

もっともらしいことを言いながら、男は内心でくっくっく、と笑った。

海千山千の男は、着ている服や雰囲気から、ピッケルがあまり物を知らない田舎者だとすぐに気が付いた。なのでまず高圧的に返事をし、怯んだところで買い叩くという、純粋そうな人間相手のお決まりの交渉術を使った。目に見えて狼狽《ろうばい》する青年を見て、店主の男はもうひと押しだと感じた。

そして相手の商品の弱点を指摘し、心を折りに掛かる。

ここまで悪徳なやり方をする者はこの市場にはあまりいない。が、ピッケルは運悪く、そんな相手に声を掛けてしまったのだ。父の言いつけと、男の話す道理の板挟みで葛藤《かっとう》するピッケルだったが……。

「まぁ嫌ならいいよ、帰んな帰んな。その代わり二度と来るんじゃねえぞ」

男の突き放した物言いにピッケルは慌てて、

「に、二百でお願いします！」

と、返事をしてしまった。すると男は態度を軟化させ、安心させるような笑顔を浮かべた。

「ああ、あとでガタガタ言わないでくれよ。わざわざ遠くから来たみたいだし、可哀想《かわいそう》だから、これだって利益度外視で、頑張って出した金額なんだぜ」

「あ、ありがとうございます」

ピッケルの気が変わる前に、と男が急いでお金を用意し始めた時であった。

「待ちなさい！」

市場を切り裂くような、迫力ある怒声にピッケルが振り向くと、腰に剣を差し、革鎧《かわよろい》を身に着けた一人の女が通りの真ん中に堂々と立っていた。

その女性を見て、ピッケルは少し鼓動《こどう》が速くなった気がした。

（綺麗《きれい》な人だなぁ）

母親以外に女など見たことのないピッケルだったが、父が王都土産としていつも買ってきてくれる本の挿絵《さしえ》に描かれた、美しいお姫様のようだ、と思った。特にその意志の強そうな瞳に、ピッケルは釘付《くぎづ》けとなった。

その美しさに見とれ、半ば呆《ほう》けているピッケルを差し置いて、女性は店主に掴《つか》み掛からんばかりの勢いで話し始めた。

「これだけ大量の農作物が、二百なわけないでしょ！　持っていく所に持っていけば、捨て値でも八百は下らないわ！」

店主は女性のあまりの剣幕《けんまく》に少したじろぎながらも、女性に言い返した。

「いや、でも小僧がこれで納得してるんなら、横からごちゃごちゃ言われる筋合いは……」

「限度があるでしょ！　限度が！　こんなお上《のぼ》りさんを騙《だま》すようなみっともない真似《まね》、よしなさい！」

実はピッケルの父の想定では、どんなに安く売っても七百は下らないと思っていた。だが、ピッケルにとっては初めてのことであるし、多少買い叩かれるのもしょうがないと思っていたのだ。なので、五百というのは、相当甘々のラインとなる。ピッケルはやすやすとそのラインを下回っていたわけだが。

ともかく女性は、店主に一通り怒声を浴びせたあと、くるりとピッケルの方を振り向いた。

「あなた、自分が作った物に、自信や、愛情はないの？」

女性に見とれてしまい、二人のやり取りをあまり聞いていなかったピッケルは、自分に話しかけられたことに気が付いて、慌てて返事をした。

「も、もちろんあります。手間暇、愛情、丹精《たんせい》込めた、自慢の作物です！」

「だったら、安売りするのはおよしなさい！　作物が可哀想よ！」

「は、はい」

「いいお店紹介してあげるから、こんな奴相手にしないで付いてきなさい」

ピッケルの返事を待たず、女は振り向いてすたすたと歩き出した。しばらく女の背中を呆然と見つめたピッケルは、店主を見て、

「やっぱり二百はなしで！」

「お、おい！」

店主の制止を無視して、リヤカーを引っ張りながら女を追いかけた。


女性のおかげで、農作物は結局千ゴートで売れた。店主との交渉も、女性が行ってくれた。

「はい、これが売れた分のお金よ」

ポンと渡された、見たこともない大金に、ピッケルは受け取る手がやや震えた。金を使ったことのない彼にすら、大層な物であることは感じ取れた。

ふと、マスカレードメロンが一つ、リヤカーに残っていることに気づいた。全て売ったと思っていたが、何故《なぜ》か残ってしまったらしい。

ピッケルが首を傾《かし》げていると、女性はひょいとメロンと持ち上げた。

「これ、仲介の報酬ってことで私が貰《もら》うわ。いいでしょ？」

「……えっ？」

これだけの大金があるのに、お礼はメロン一個でいいのか？　とピッケルが考えていると、

「何よ、駄目なの？」

不服そうに、女が頬を膨らませた。

「いや、全然、全然いいけど！　そんなので良ければ」

「ありがとう！　これ大好物なの。高いからめったに食べれないし、凄く美味《おい》しそうだから、さっきの店でも目を付けてたんだー！　やったー！」

女は破顔《はがん》しながら、突然ナイフを抜いた。いくらピッケルが世間知らずでも、街中でナイフを抜くのが良くないことくらいはわかる。そんな彼の焦りは無視して、女は器用に、リヤカーの荷台に載せたメロンをカットした。その中の一つをかじった女は、しばらく固まったあと、

「おいしっ！　何これ！　今までの物とは別格すぎる！　止まらない止められなーい！」

言葉通り止まることなく、あっという間にメロンを完食した。

手に付いた果汁《かじゅう》を名残《なごり》惜しそうに舐《な》める女の仕草《しぐさ》を見て、少しドキリとしながら、ピッケルは好意を高めた。

指に付いた唾液《だえき》を鎧にごしごしと擦《こす》り付けながら、やがて女はピッケルの方を向いて
「ねぇ、また今度このメロンご馳走《ちそう》してくれない？　次はちゃんとお金払うから、さ」

と、目を輝かせて言った。

「あ、うん、次の収穫まで一年かかるけど、それで良ければ」

「くぅう、一年か、先だなぁ。あ、遅くなったけど私ミネルバ。あなたは？」

「ピッケルだよ」

「ピッケルね。私、冒険者ギルド【鳶鷹《とびたか》】のギルドマスターをしているの。メロンができたら訪ねてきてね」

「うん、持っていくよ。色々ありがとう」

「じゃあねー。もう騙されないようにね！　あなたを見て話しかける奴は、全員騙そうとしてる、くらいの気持ちでいなきゃ駄目よ」

「うん、わかった」

頷《うなず》いたピッケルだったが、実は先ほどのやり取りでも騙されたという認識はなかった。

ミネルバに見とれていたため、よく話を聞いておらず、店主も誠実な値付けをしてくれたのだと思ったのだ。ただ、ミネルバが自分のためを思ってアドバイスしてくれたのもわかったので、素直に返事をした。

「うん、よろしい。じゃあメロン、頼んだわよ！」

再度念を押してから、振り向いて去っていくミネルバの背中を見ながら、

「冒険者ギルド、か……」

と呟いたあと、

「って、冒険者って、なんだ？」

ピッケルは初めて聞く単語に、首を傾げていた。


「また、辞めました……」

「また、辞めたのか……」

冒険者ギルド【栄光《えいこう》】のマスター、ミランは、部下の報告に頭を抱えた。

またギルドの新人が辞めたのだ。今回は、入って三日だった。

かつては数十人の冒険者が所属し、二十年前には王宮に召し抱えられたメンバーさえいたというこのギルドも、今ではミランと、目の前の部下の二人だけとなっていた。

自慢できるのは、老舗《しにせ》の看板と、所有する建物の年季《ねんき》ぐらいか。

それも『ただ、ボロボロなだけでしょう？』と言われれば否定はできない。

「【鳶鷹】に行くって言ってました」

「ちっ、あの『お嬢様』の所か……」

ここ二年で頭角を現してきた【鳶鷹】は、二十歳の女が運営しているギルドだ。ギルドマスターのミネルバは、地方の小領主の娘、つまり貴族の令嬢だ。なので一部の冒険者たちは、『お嬢様』と揶揄《やゆ》している。

しかし、彼女の運営能力は確かだ。だからこそ、プライドの高い冒険者たちにとっては、面白くない一因となっている。

「はー。仕方ねぇ。また新人を引っ掛けてくるか……」

やれやれといった表情を浮かべながら、ミランは重い腰を上げた。


ミネルバと別れたあと、ピッケルは買い付けのために、父から渡された地図を参考に、空のリヤ

カーを引いて歩いていた。

父の話ではピッケルの一家が農業を行う土地は、『瘴気《しょうき》』という毒が溜《た》まりやすく、安全な作物を育てるためにも土壌浄化草は欠かせない物らしい。

地図に描かれているお店までの目印を捜しながら、辺りをきょろきょろと見回していると、

「おーい、兄ちゃん！　ちょっとちょっと」

ピッケルの耳に、そんな声が聞こえた。自分を呼んでいるとは思わなかったピッケルだが、近寄ってきた男を見て、ようやく気づいた。

ニコニコと人のいい笑顔を浮かべる男は、自分と父の、丁度《ちょうど》中間くらいの年齢だろうか。どことなく、昔の父に雰囲気も似ている。

年上の人間には丁寧にしろ、と父に教えられていたので、ピッケルは丁寧に話すことにした。

「俺、ですか？」

「そうそう、兄ちゃんに話しかけてるんだよ！　兄ちゃん、いい体してるねぇ」

「いい体？」

「鍛えられてるな、ってことだよ」

「あ、はい、父に農業は体が資本だから鍛えるのを怠るなって言われてますので」

「おお、いいお父さんだ。その話だけで尊敬できるよ、一度会ってみたいなあ」

「あ、ありがとうございます！」

尊敬する父を褒められ、ピッケルは目の前の男に一気にシンパシーを覚えていた。話しかけてきた男は、冒険者ギルド【栄光】のマスター、ミランと名乗った。

この時、ミランは密《ひそ》かに、

（こいつ、チョロイぞ）

と手ごたえを感じながら、心の中でほくそ笑んでいた。

「その尊敬できるお父さんの話、もう少し聞きたいな。そうだ！　立ち話もなんだし、良かったら寄っていかないか？」

言いながら、年季の入った建物を指さした。


「父は凄く頭も良くて、力も強いんです！」

「へぇ、凄いねぇ！　（早く終わんねぇかな）」

ギルドへと戻ったミランは、ピッケルの父の自慢話を、うんうんと辛抱強く聞いていた。ようやく話が一段落する辺りで、本題に入ることにした。

「いやあ、そんな凄い人が、このギルドにもいたらなぁ」

反応を窺《うかが》うためにピッケルを見るが、あまりピンときていないようなので話を続ける。

「ここは冒険者ギルドなんだけどね、今は少し人手不足でね。手伝ってくれる人がいれば助かるんだよなぁ」

再び、ちらっとピッケルの反応を見つつ、ため息をついた。

ピッケルはミネルバも同じ単語を使っていたことを思い出し、疑問を口にした。

「冒険者、ってなんですか？」

その言葉を聞いた瞬間、ミランに衝撃が走った。

（冒険者を知らない！　いいぞ、いいぞコレ！　知らないってことは、当然他と比べたりしない。うちが弱小ギルドだとバレる前に、人間関係を築いて囲い込めば辞めづらくなるはずだ！）

ひどい考えであった。

「冒険者ってのはまぁ、わかりやすく言えば旅人だな、旅人。旅をしてお金を貰う、簡単な仕事だ」

「へぇ、そんなことでお金が貰えるんですか」

「そうそう。あ、あと、農業だと、害虫の駆除《くじょ》とか、あるだろ？」

そう言われてピッケルは、裏山から定期的にやってくる『害虫』を頭に浮かべた。

「はい、次々現れるので、大変です。駆除するのにも結構体力使うし」

「うんうん。まぁそういった害虫みたいなものを、旅の最中にちょっと駆除してもらうかも？　って感じだな、簡単に言えば」

「え！　害虫を駆除したらお金貰えるんですか！」

ピッケルは驚いた。

害虫駆除は農作業に欠かせないが、それ自体でお金を貰うという発想はなかったからだ。

「そうなんだよ。あ、良かったら、ピッケルもやってみないか？」

「え、でも俺は農業が好きなので……」

「ああ、暇な時だけでいいよ。うちは自由出勤だから。暇な時だけ来てもらって、ちょっと旅しながら、害虫駆除してもらえれば。こう言っちゃ失礼だけど、あまりお金とか持ってないだろ？」

そんなミランの言葉に、ピッケルは、

「少しは持ってますよ」

そう言って、懐から千ゴートを取り出した。

ミランはしばらく目にしていない大金に、内心は大いに驚きながらも、

「ああ、冒険者になれば、そのくらいはすーぐ稼げるよ」

と、なんでもない風を装って言った。

「え！　凄いですね。一年頑張ってようやく貰ったお金なのに」

「それが冒険者のいいところさ。どうだい、やってみないか？　今ならSクラスから始めてもいいよ」

「Sクラス？」

「ああ、本来はF、E、D、C、B、A……と、順番にクラスを上げていくんだけど、ある条件を満たせば、いきなりAの上のSから始められるんだ。Sクラスはいいぞぉ、お金は稼げるし、なんてったって女にもモテるから」

「モテる？」

「女に好きになってもらいやすい、ってことさ」

その言葉でピッケルは、父に「嫁でも探してこい」と言われていたのを思い出した。正直、お金にはそこまで興味がないが、実家の周囲に他の家はなく、嫁探しは大変だ、と思っていた。

それがSクラスの冒険者なら簡単らしい。あのお姫様のようなミネルバも冒険者だと言っていた。

同じ仕事なら、もしかしたらメロンができる前に会えるかも。そう思うと心が弾む。

あんな人が嫁に来てくれたら最高だし、しかも仕事をするのは暇な時だけでいいとのことだ。

農閑期《のうかんき》に手伝うのなら、問題なさそうだ。

……この時、ミネルバの『あなたを見て話しかける奴は、全員騙そうとしてる、くらいの気持ちでいなきゃ駄目よ』という言葉もむなしく、ピッケルの心は動いていた。

「じゃあ、ちょっとだけやってみようかな……」

「おお！　いいねぇ！　男なら即決、そうこなくっちゃ！　じゃあその千ゴート、こっちに渡してくれる？」

「え？」

「さっき言った条件なんだけど、Sクラスは登録制でね、その登録料に二千ゴート必要なんだよ。だけどピッケルの即決に感動したから、千ゴートは俺が立て替えとくよ。大丈夫！　Sクラスなら千や二千あっという間に稼げちゃうからさ！」

「でも、これは肥料や土壌浄化草の種に必要なお金で……」

「でもすぐ戻ってくるんだから、大丈夫だろ？　それとも、俺が嘘ついてると思ってるのかな……なら残念だなぁ」

そう言ってがっかりした表情をしたミランを見て、ピッケルは慌てて言葉を発した。

「いやいや、嘘ついてるなんて思ってないですよ！　俺も昔一度だけ嘘をついてしまって、父さんにゲンコツされて以来、嘘が悪いことってくらいは知ってますから」

そんなピッケルの言葉に、ミランは内心でにやりとしながら、

「ああそうとも！　嘘は悪いことだ。もし俺が嘘ついているなら、ゲンコツでもなんでも思いっきりやっていいからさ」

「はい、わかりました。じゃあこれ……」

未《いま》だ葛藤は感じていたものの、嫁探しには代えられないと判断し、ピッケルは千ゴートを差し出した。ミランはゴクリと唾を飲み込んで、だが表面上はなんでもないことのようにお金を受け取り、入れ替えるように二枚の書類をピッケルの前に出した。

「これ、なんですか？」

「これは、うちのギルドに所属するって契約書と、Sクラス冒険者の申請書さ。ここところに、サイン貰えればいい」

ミランが羽根ペンと、インク壺《つぼ》をピッケルの前に置く。受け取ったピッケルは、字が読めない者も多い農民には珍しく、整った字で『ピッケル・ヴォルス』とサインした。

「へぇ、家名があるんだね。ヴォルス……？　どっかで聞いたような……」

「はい、父が王都に住んでいた頃に名乗っていた家名らしいです。まぁ今はめったに使いませんが」

「ふーんそっかそっか。まぁとりあえず、ピッケル、ギルド【栄光】にようこそ！　これからよろしくな！　今日はここに泊まっていくといいさ」

お金が返ってくるまでは故郷には帰れない。ピッケルは素直に、

「はい、お言葉に甘えさせてもらいます」

と、頭を下げながら返事をした。

ピッケルが二階の部屋に上がってしばらくすると、王宮へ書類を提出しに出ていた部下が戻ってきた。ミランの前で呆《あき》れたような声を上げる。

「あんな純朴そうな青年を騙すなんて、マスター、地獄に落ちますよ」

「おいおい、俺は嘘なんてついてないだろ？」

「登録料に関しては、完全に嘘じゃないですか。彼、すぐに死んじゃいますよ？」

実は、Sクラスには登録料など必要なく、やりがいや名誉を求める者が志願すれば誰でもすぐになれるクラスであった。しかし、割り振られるクエストは実力に関係なく例外なく高難易度。今では自殺《Suicide》クラスとさえ揶揄されている。

「ああ、そんなこともあるかもな。だけどまぁ千ゴートあれば、俺たちはしばらく安泰《あんたい》だ」

「まったく。本当にゲンコツ食らった方がいいんじゃないですか？」

「へっ。ゲンコツ一つで千ゴート貰えるなら、何発だって食らってやるさ」

そう嘯《うそぶ》きながら、ミランは大金を手にした喜びに浸っていた。


ピッケルが冒険者になった頃、危急を告げる早馬《はやうま》が郊外《こうがい》から王都へと向かっていた。

「あんな生き物が実在するとは……急がないと！」

馬を駆る男は、疲れている馬に申し訳ないと思いつつも再び強く鞭《むち》を打った。


いつも心にある、遠い日の記憶。道端に転がる、自分が愛情を籠《こ》めて育てた野菜。

ミネルバは、トラウマを思い出させる気分の悪い夢から目を覚ました。

あんな惨めな思いはもう二度としない。そう奮起することで、今のミネルバは前進できている。

その心を忘れないために、昨日も市場へと野菜を見に行ったミネルバは、純朴な青年と出会い、彼がご馳走してくれたメロンに少しだけ救われた気分になった。

自分の育てた作物で満悦の相手を見て嬉しそうに微笑《ほほえ》む青年の優しい雰囲気を思い出す。

身支度《みじたく》をして出勤し、自身の執務机に座ると、すぐに秘書兼ナンバー2のヨセフが慌てたようにやってきた。いつも冷静な彼にしては珍しい、と不思議に思い、ミネルバは問うた。

「どうしたの？　とんでもない事件でも起きた？」

彼女にしてみればそれは、慌てているヨセフを落ち着かせるための軽口のつもりだった。

しかしヨセフはにやりともせず、深刻な顔で告げた。

「ええ、かつてないほどの、緊急事態です」

その報《しら》せは【栄光】にも届いていた。歴史上初、王都にある全ギルド所属の、全冒険者招集クエストが発令されたのだ。

なんと『災厄の竜』と言われる、黒竜《こくりゅう》が王都に向かってきているらしい。黒竜は、大陸に数種類棲息《せいそく》するドラゴンの中でも最上位の強さを持ち、中には人語を理解し、神の如《ごと》き力を振るう個体もいるという。ただ、年月を重ねて力を増した個体ほど人前には姿を見せなくなるため、恐らく今回は若い個体だろうというのが専門家の見解だった。

だが、若い個体でも、町一つ滅ぼすのに足る力があるという。

そんな緊急事態にも拘《かかわ》らず、【栄光】の本部内はのんびりとした空気に包まれていた。

「似合いますか？」

「ああ、似合ってるぞ！　俺が女なら、一発で好きになっちゃうぜ」

「本当ですか！」

使い古されたボロボロの革鎧に身を包んだピッケルは、改めて自身の姿を見て、

「でもこれ、なんかボロボロですね」

と、率直な感想を述べた。

ピッケルの言葉をミランは、立てた指を左右に振り「チッチッチッ」と舌を鳴らして否定した。

「それは、ヴィンテージっていう、流行《はや》りのスタイルなんだよ。いいか？　綺麗な鎧ってことは、新人ってことだ。新人は軽く見られるから、わざとボロボロの鎧でベテラン感を出すってことさ」

ミランの適当な言葉にいちいち頷きながら、ピッケルは不安そうに疑問を口にした。

「でもそれって、嘘ついてることになりませんかね？」

「いやいや、自分でベテランです、って言っちゃったら嘘だけど、相手が勝手に勘違いするのは責められないだろ？　ピッケルだって勘違いすることくらいあるだろ？　それと嘘とは全然別の話さ」

「なるほどー。奥が深いですね」

腕を組みながら感心したように何度も頷くピッケル。

それを見て『こいつマジでちょろいな。むしろちょろすぎて俺以外の奴に騙されたら心配だな』と思い、ミランが釘を刺した。

「ピッケル、いいか、とっても残念だけどな、王都ってのは俺以外は結構嘘をつく奴がいるんだ」

「そうなんですか！　王都って怖いですね」

「ああ、だから俺はともかく、他の奴の言うことはすぐに信じるんじゃねえぞ？」

「わかりました」

――おいおい、ほんとにわかってんのかよ、目の前の俺は大嘘つきだぞ。

と自分のことは棚に上げて心配するミランだったが、これ以上続けると自身の嘘のボロが出そうだったので、話題を変えることにした。

「それで、王宮から緊急……いや、害虫駆除の依頼が来てな。俺たちも三人で参加する。まぁお前は初めてのことだし、まずは周りを見て、どういった感じか観察するんだ。無理に駆除しようとしなくていいからな？」

「はい、わかりました」

「んじゃ、行くか。ちなみに俺たちは王宮の信頼も篤《あつ》くてな、今回は後方での他の冒険者たちのサポートになる。無理に前に出るのはご法度《はっと》だ、いいな?」

「はい!」

ピッケルの元気な返事を聞きながら、ミランは今回のクエストについての作戦を考える。

黒竜、伝説の災厄。そんなものに正面から当たれば、あっさり死ぬだろう。

ただ、チャンスでもある。他の冒険者たちが弱らせたあと、手柄を掠《かす》め取れれば御《おん》の字。無理そうなら、逃げればいい。

——その時は、こいつを囮《おとり》にすればなんとかなるさ。

ボロボロの鎧を着てご機嫌なピッケルを見ながら、ミランはそんな悪だくみをしていた。


ミネルバは『これは、またとないチャンスだ』と考えていた。

自身が【鳶】から、【鷹】になる、と決意して設立したのがこのギルド【鳶鷹】だが、もし黒竜の討伐という功績があれば、王都での地位は盤石《ばんじゃく》となるだろう。

(もう、蔑《さげす》まれ、惨めな思いをしないためにも、必ずドラゴンは私が倒す)

報せが届いてから準備をすること数日。ミネルバは最前線で戦う決意をしていた。

「ピッケル、どうした?」

集合場所に向かう道中、様子のおかしいピッケルが気になり、ミランが話しかけた。

「いや、王都の水が合わないのか、急にお腹《なか》の調子が……」

ぎゅるぎゅるぎゅると鳴り響く腹を押さえながら、ピッケルが青い顔で呟いた。

「たく。しょうがねえな」

ミランは懐をごそごそとまさぐり、包みを取り出した。

「ほら、薬だ。あと早く用を足してこい。もうすぐ時間だから先に行くぞ。集合場所は門の外だからな、急げよ」

「でも、薬のお金が……」

「ん? いいんだよ、そんなの。ある時に払ってくれれば」

「わかりました。あとでちゃんとお支払いします」

律儀《りちぎ》に約束を口にしながら、ピッケルはふらふらと歩き出す。

「大丈夫かよ……。囮に間に合えよ」

ミランはピッケルの背中を見ながら嘆息した。


王都の城壁の外の平原に、王宮から派遣された兵士と、冒険者たちが集まっていた。兵士たちの

総数は千。しかしこの兵士たちはモンスター退治が専門ではないため、最初に前線でドラゴンと戦うのは冒険者たちだ。冒険者たちの総数はおよそ百。

本来であれば、王都にはもっと大勢の冒険者がいる。だが、黒竜の到来と聞いて逃げ出す者、仮病《けびょう》を使う者、あまつさえ冒険者を辞める者まで出てしまったのだ。

やがて多くの『餌《えさ》』が集まっているのを確認したドラゴンが、遠くの空から翼をはためかせながら現れた。

――でかい。

最前線のミネルバは、己の認識の甘さを後悔した。これは、人がどうこうできる存在ではない。直感がそう囁《ささや》いたが、自分が動揺しては周囲も崩れてしまう。ミネルバは気丈に号令を掛けた。

「魔法を撃て！　使えないものは弓で射掛けろ！」

【鳶鷹】所属の魔法を使える者たちが、黒竜目掛けて自身の最高威力の魔法を放つ。

火、氷、雷、土の槍といった魔法と大量の矢が全て黒竜に命中するが、ダメージを与えるどころか、黒竜は煩《わずら》わしそうに首を振り、地上へと急降下した。

「さ、散開！」

慌てたミネルバの号令で全員が散る。わずかののち、轟音《ごうおん》と震動を伴って黒竜が着地した。その衝撃だけで、地面が大きく抉《えぐ》れる。

「なんだ、この生き物は……」

普段相手にしているゴブリンやオークといった亜人や、同じドラゴンのワイバーンなどとは明らかに別格の存在に、ミネルバは体の震えを抑えることができなくなっていた。

黒竜がすうっと息を吸い込み、口を開こうとしていた。ハッとしたミネルバは警告を発する。

「まずい！　ブレスが来るぞ！」

【鳶鷹】の面々は、攻撃に特化しており、防御があまり得意ではない。

メンバーの能力を熟知するミネルバの脳内に、『全滅』の文字が浮かぶ。

ミネルバの思考を証明するように、黒竜が強烈な炎を吐き出した。炎が【鳶鷹】の面々を呑《の》み込もうとした、まさにその時。

『金剛壁《こんごうへき》』！」

どこからともなく、呪文を叫ぶ声が聞こえるのと同時に、迫りくる炎が壁に阻《はば》まれたように止まった。

「これは【栄光】の……？」

ミネルバが後ろを振り向くと、ミランの姿が見えた。

「ちっ。お嬢、一つ貸しだからな！」

――まったく、俺が逃げる時のとっておきだってのに。何度も使える術じゃねえんだぞ。

ミランが心の中で悪態をついたことは、ミネルバには伝わっていない。

彼の信条は『死んだら終わり、だから生き残る』だ。そのため、防御の魔法を必死で訓練した。

防御は一流だが、突破力に欠けるため、モンスターの討伐は得意ではないサポート向きの能力だ。

だから【栄光】は廃《すた》れていってしまった、ともいえる。

ブレスを防げはしたが、このままでは手柄のおこぼれに預かるどころか、討伐の成功すら困難だろう。

（潮時か。あとはまぁ、兵士たちに任せてとんずらしよう）

ミランがどうやってこの場を離れるか考えていると、

「お待たせしました！　いやー薬効きますねぇ！　助かりました」

ピッケルがのんきに姿を見せた。やや毒気を抜かれながらも、ミランが口を開く。

「ち、遅いぞ。まぁそろそろ撤退……」

と、ミランの言葉の途中でピッケルは遠目に黒竜の姿を認めて、呟いた。

「あっ、害虫だ」

ピッケルは『害虫』の姿を確認したあと、その足元にいる女性を発見した。ミネルバだ。

「あ、ミランさん、知ってる人がいるので、ちょっと挨拶《あいさつ》してきます！」

「お、おい！」

ピッケルの肩を掴んで制止しようとした瞬間、消えたかのような速度でピッケルが移動し、気が付けば黒竜の足元へ向かっていた。

「え……」

手の置き場を無くしたミランは、手を空中に置いたまま、固まっていた。


ブレスによる攻撃を防がれた黒竜は、次に長い首を体に折り畳むように引きつけた。ミネルバはその動きから、攻撃と捕食を兼ねた噛《か》み付き攻撃が来ると予想した。素早く後ろへと下がり、黒竜

の首の長さよりも、やや余裕をもって外側に距離を取った。準備動作を終え、鎌首をもたげた黒竜は、彼女の予想通り、鞭を振るかのように首を素早く伸ばした。

「あっ……」

己の失態を瞬時に理解し、ミネルバは思わず声を漏らした。

余裕を持った距離が一瞬で縮まる。高速で眼前に迫る顎を見て、ミネルバは上位のドラゴンたちが捕食の際、自由自在に首の関節を外して相手の目測を狂わせる知恵を持っていることを思い出した。

知っていたはずなのに活かせなかった。それを後悔する間もないまま、捕食されるのをただ待つのみとなった……はずだった。

不意に、黒竜の顔が上空へと逸《そ》れた。天まで飛び立ちそうな頭が、首の筋肉により止まる。

しばらくドラゴンを見上げていたミネルバが視線を水平に戻すと、一人の男が立っていた。

それはお伽噺《とぎばなし》の英雄譚《えいゆうたん》に出てくる勇者が、岩から引き抜いた伝説の剣を掲げるが如く——。

あるいは激しい戦いに勝利した戦士が、大声で勝ち鬨《どき》を上げるが如く——。

右腕を天に向かって突き上げた、雄々しい姿の彼は、朗《ほが》らかにこう言った。

「ミネルバさん、こんにちは！」

呆《ほう》けていたミネルバだったが、すぐに彼が先日、市場で騙されそうになっていた青年だと気が付いた。

「……ピッケル？」

「そうだよ！　俺も冒険者になったよ！　Sクラス？　っていうのかな？　そういうやつ」

「そ、そう……」

なんと返事すれば良いかわからず曖昧《あいまい》に返してしまう。ピッケルは剣も持たず、それどころか身に着けている鎧は使い古されたボロボロの物だった。

自分のギルドの冒険者がこんな鎧を装備していたら「【鳶鷹】の評判を貶《おとし》める気？」と注意してすぐに捨てさせて、買い換えさせるほど酷《ひど》い。

ミネルバの視線に気づき、ピッケルが説明した。

「あ、これ、鎧ボロボロだけど、これはヴィンテージっていって、ベテランに勘違いしちゃう人もいるらしいんだけど、俺は新人だからね！　一応、言っておくけど」

そう一気にまくしたてるピッケルの言葉を聞いたミネルバは、この男は自分の忠告も聞かず、また騙されたのだと気が付いた。そして騙した男に心当たりがあった。

【栄光】のギルドマスター、ミラン。

さっき助けてもらったことに感謝してはいるが、それとこれとは話が別だ。今すぐピッケルに、あの男の言うことは全てデタラメだと教えてあげたい。

しかし、今はそんなことを指摘している時間はない。

「ピッケル！　すぐここを離れなさい！」

ミネルバの言葉に、ピッケルが意外そうな顔をした。

「でも、害虫駆除しなきゃいけないんだよね？」

「害虫!?　あなた何を言ってるの!?」

ミネルバが叫ぶと、ピッケルは黒竜を指さし、

「え、こいつだけど」

そうあっさり言って、次の瞬間、姿を消した。

「え、あれ？」

突然消えたピッケルを捜すと、ピッケルが黒竜の尻尾を両手で掴んでいるのが見えた。

「せーの」

ピッケルの掛け声と共に、黒竜の体が浮き上がる。そのまま黒竜を一本背負いの要領で投げ飛ばし、背中から地面に叩き付けた。着地の時以上の衝撃と轟音、そして土煙が巻き起こり、それらが消えた頃、あおむけで伸びている黒竜が残った。

「こいつの駆除はコツがあって、こうやって背中を地面に叩き付けると気絶するんだ」

ピクピクと痙攣《けいれん》している黒竜を指さしながら、ピッケルは得意げに、ずれた解説をした。

（いやいや、あんなのなんでも気絶するから。というか、普通死ぬから！）

ミネルバはツッコミを口には出さず、恐る恐るピッケルに聞いた。

「気絶ってことは、あれ、生きてるの？　とどめを刺した方が……」

ミネルバの言葉に、ピッケルは首を横に振った。

「こいつは賢い生き物で、自分が敵《かな》わない相手のナワバリを仲間に知らせて、仲間にも二度とそこに行かないように警告するんだよ。まぁ警告を聞いていない奴がまた来る可能性はあるけど、長い目で見れば殺すより逃がした方がいいんだ。父さんの受け売りだけど」

「そう、なの……？」

「あ、そうだ！　もう行かなくちゃ。メロンできたら届けるね、じゃあ！」

一方的に別れを告げ、またもピッケルは姿を消した。

取り残されたミネルバは、しばらく呆気《あっけ》に取られていたが、

「……不思議な人ね」

呟きながら、思わず微笑んだ。


黒竜が飛び去ったのち、しばし呆然としていたミランは、ハッと気が付き、周囲を見回した。目的の人物を見つけ、駆け寄る。

「あ、あの黒竜の顔を下から殴ったあと、尻尾を掴んで投げて、追い払ったのは、うちの冒険者ですっ！」

話しかけた男は、各ギルドの貢献度を査定する監督官であった。監督官もまた、先ほどまでのミランと同じように目の前の光景に固まっていたが、ミランに声を掛けられ我を取り戻した。

「ギルド名と、あの男の名前は？」

「【栄光】所属の、ピッケルです！」

「よし、ちょっと待てよ、ピッケル、ピッケル……」

男は懐から取り出した名簿を、唾を付けた指でめくり始めた。目的のページにたどり着き、指で名前をなぞって確認していく。

「おお、あった、【栄光】のピッケル・ヴォルス……って、ヴォルスだとおっ！」

監督官の叫びに、ミランもまた、稲妻《いなずま》が頭の中に落ちたような閃《ひらめ》きと共にその名を思い出した。

（ああ、なんで俺は忘れちまってたんだ）

ミランが思い出した男の名はクワトロ・ヴォルス。【栄光】に二十年前に所属していた、伝説のSクラス冒険者。多大な功績から王宮へ召し抱えられたあとも数々の伝説を打ち立てた男。

だが、輝かしい伝説の裏では、女癖が悪いことでも有名であった。ついには王の大事な一人娘である、至上の美姫と名高かったシャルロットを連れて駆け落ちし、それ以来、姿を消していた。

（俺が子供の頃、強さと豪快さに憧れて冒険者になろうと決意したきっかけ……。いつの間にか、そんなことも忘れてしまって、俺は……。じゃあ、何か？　ピッケルってのは、あのクワトロの息子なのか？　憧れの人物の息子に、俺は何をやってるんだ！）

もう、人を騙すようなくだらない生き方はやめよう。生まれ変わって、一流の冒険者を目指そう。

ミランがそう自省していると、目の前に突然ピッケルが現れた。

「わぁ、ピッケル!?」

「害虫駆除してきましたよ」

微笑むピッケルに、ミランが謝罪と決意を伝えようとすると……、

「なので、お金ください」

とピッケルが手を差し出した。

「へ、金？」

「え、駆除したらお金貰えるんですよね……って、まさか『嘘』ですか？」

ピッケルの言葉に、ミランの生存本能が総動員され、以前の彼との会話を思い起こさせた。

――もし俺が嘘ついているなら、ゲンコツでもなんでも思いっきりやっていいからさ――。

そして頭に浮かんだのは、

『ドラゴンを投げ飛ばす怪力で手加減なしにゲンコツされたら、俺は死ぬ』

という、単純明快な真理だった。

せっかく決意したばかりなのに死んでしまっては堪《たま》らない。ミランは、慌ててピッケルに言い訳をした。

「いやいやいやいやいや！　嘘じゃない、嘘じゃ！」

「じゃあくださぃ」

ミランは監督官に振り向き、命乞いのように叫んだ。

「ほ、報奨金！　報奨金の支払いをお願いしますっ！」

「え、そんなこと言われても、すぐは無理だぞ」

「一部でもいいんです！　お願いします！」

「うーん、なら……」

渋々といった感じでため息をつきながら、監督官は二千ゴートを差し出した。

「本当は駄目なんだけどな、まぁ一部先払いってことで。あ、サインはしてもらうぞ」

「しますします！　書きまくりますから！」

「いや、書きまくる必要はない、一箇所でいい」

ミランは慌ててサインをして、ひったくるように金を受け取り、そのままピッケルへ渡した。

「うわ、こんなに。ありがとうございます。本当に冒険者って稼げるんですね」

大金を受け取って破顔するピッケルに、念押しするようにミランは問いかけた。

「なあ、俺は嘘なんかついてないだろ？」

「はい！」

「もうしばらくすれば、もっと貰えるぞ」

二人のやり取りを見ていた監督官は、やれやれという風に口を挟んできた。しかし、ピッケルは首を横に振る。

「あまり時間もないし、それはミランさんに渡しておいてください。このお金だってミランさんのおかげなので、俺はこれで十分です」

（え、マジで。このクラスのクエストの報奨金なら、十万ゴートは下らないぞ）

「そうか。……まぁ君がそれでいいならそうしよう」

「はい、それでいいです。あっ！　薬代のこと忘れてた！　ミランさん、あとでもらえるお金で足りますかね？」

生まれ変わるのはもう少し先にしよう、とミランは決意を翻した。

「ちょ、ちょっとばかし足りないかもしれないけど、気にするな！　俺とお前の仲だろ？」

「すみません、何から何まで」

（へっへっへ、ありがたく、ギルドの資金にしよう）

ミランの黒い考えなどつゆ知らず、ピッケルは突然、

「じゃあ俺、そろそろ必要な物を買って家に帰ります」

「え？」

別れを告げて振り向いたピッケルに、ややミランが慌てながら、

「お、おいピッケル、またギルドに来いよ、絶対だぞ。お前は【栄光】所属の、Sクラス冒険者なんだからな」

と声を掛けた。

ピッケルがいれば、没落したギルドを立て直すことができる！　とミランは強く確信していた。

「はい、また次の農閑期に来ます！　それじゃ、色々ありがとうございました！」

その言葉を残してピッケルは駆け出し、あっという間に姿を消してしまった。


王都から戻ったピッケルは、以前のように農作業が捗《はかど》らずにいた。

その原因は、王都で出会ったミネルバだ。自分の作ったメロンを美味《おい》しそうに食べてくれた彼女を思い出すと、どうにも作業が手に付かない。

Sクラス冒険者になれば女性に好かれやすくなる、というミランの言を信じ、ミネルバにSクラスになったことを伝えたが、果たして彼女は自分を好いてくれただろうか。そんなことが、何度となく頭に浮かんでくる。

土壌浄化草の種を手に持ったまま、ピッケルがぼーっと立っていると、
ごつん！

と、頭に衝撃を受け、驚いて振り向いた。そこには、父が拳を握って立っていた。

「何、ぼーっとしてるんだ、手を動かせ」

「う、うん」

しばらく作業を続けるも、すぐにまたぼーっとしてしまうピッケルに、王都での話を聞いていた父は言った。

「例のメロンが好きな女のことでも考えてたのか？　お前、その娘のことが好きなのか」

「好きっていうか……すぐその人のことを思い出しちゃうんだ」

「そりゃあ好きってことだよ。まあ、メロンをばくばく食っておきながら、どこに出しても恥ずかしくない俺の息子を振るような女なら、大した女じゃねぇよ」

父の物言いに珍しくかちんときたピッケルは食って掛かった。

「仮に俺が振られても、ミネルバさんは素晴らしい女性だ！」

思わぬ反撃に父は驚きつつ、息子の成長に嬉しさも覚え、家の中へ戻った。

ピッケルの前に戻ってきた父は、持ってきたマスカレードメロンをピッケルへ差し出した。

「家族で食べようと取っておいた物だ。その娘に届けてこい」

「え、でも……」

「うるせぇ、うじうじしてないで、とっとと行って嫁にしてこい！　好きな女を他の奴に取られてから後悔するつもりか⁉　荷物がなけりゃ、頑張れば日帰りできる距離だろうが！」

父の剣幕に、ミネルバが他の男に取られるところを想像したピッケルは、父から引ったくるようにメロンを受け取った。

「わかった、行ってくるよ」

「ああ。もし振られたら、すぐ帰ってこい。でももし、嫁になると相手が言った時は、ゆっくり、ゆっくり帰ってくるんだぞ」

「どうして？」

「いい男ってのは、女に歩調を合わせるもんさ」

「……わかった！」

父の言葉に強く返事をして、ピッケルはメロン片手に駆け出し、あっという間に姿が見えなくなる。

「まったく、世話が焼けるぜ」

ピッケルの去った方を見ながら父が呟いていると、

「歩調なんて合わせてもらった覚え、ございませんけど？」

呆れたように言いながら、女性が家から出てきた。粗末《そまつ》な衣服であっても輝く気品をまとったその女性は、ピッケルの母である。

「い、一般論だよ、一般論」

「あらそう。でもこれでピッケルが振られたりして落ち込んだら、どうするおつもり？」

「いいんだよ、振られるのだって、男にとっていい経験だよ」

「あら。あなたは振られたことなんてないくせに」

「そりゃあ、俺が初めて好きになった女が、運良くこうやってそばにいてくれるからさ」

「まったく……。そういうことにしておいてあげます」

二人は肩を寄せ合い、王都の方をしばし見つめていた。

王都の迎賓館《げいひんかん》では、黒竜撃退の祝賀会《しゅくがかい》が催されていた。その中には、普段の革鎧ではなく華やかなドレスをまとったミネルバもいた。いつもは注目されない美貌も、この時は衆目の的となり、次々とダンスの誘いを受けたミネルバは、少々疲労を感じて休んでいた。

そこへ、ヨセフが近づいてきた。

「ギルドに強力な後ろ盾を得るためにも、上級貴族と交流できるチャンスです。ついでに良き伴侶《はんりょ》も見つかれば言うことなしですね」

ミネルバは躊躇《ためら》いを感じながらも、ヨセフの言葉に頷いた。

「私も、そろそろそんなことを考えなければいけないか……」

そんな話をしていると、一人の若者がミネルバに話しかけてきた。

「いい宴《うたげ》ですね。ああ、わたしはヴィゼット。男爵の爵位を賜《たまわ》っております」

「男爵様、ですか」

ふと、ミネルバの頭に苦い記憶が浮かんだ。

かつて恋をした、男爵の子息がいた。彼は学校の先輩で、それほど裕福でないミネルバは近づき難いものを覚えつつも、密かに憧れていた。

訪れた彼の誕生日に、他の女性に交ざって、ミネルバは自宅の庭で育てた野菜を贈ったのだ。

感謝を示した彼の微笑みに、ミネルバが幸せな気分になっていると、その野菜は下校途中の道に打ち捨てられていた。相手の本質を見抜けず、上辺だけで判断し、大切な野菜を無下《むげ》にされてしまった自身の愚かさにミネルバは涙した。それ以来、農作業もやめてしまった。

「どうしました？」

ヴィゼットの言葉で我に返ったミネルバはニコリと微笑んだ。

「いえ、なんでもありません」

内心に湧き上がってきた暗い感情を振り払う。二度とあんな思いはしない。そう誓って、今こうしているのだ。

ミネルバは男に肌を許したことがない。彼女はその価値をよく理解しており、貴族たちにその武器を使ってでも、自身のギルドを拡大するつもりであった。全ては、屈辱的な過去を見返すためだ。

ヴィゼットの誘いを受けようか考えていると、ふと、パーティー会場の入口で小さな騒ぎが起こっていることに気づいた。

見れば、そこにいたのはピッケルであった。

「あの、ミネルバさんいますよね？　これを届けに来たんです！　通してください！」

メロンを片手に騒ぐピッケルに、守衛は何度も同じ説明をしていた。

「いや、何回も言ってるけど、パーティーには正装じゃないと参加できないし、食べ物の持ち込みは禁止なんだ。悪いけど帰ってくれ」

だが、ピッケルは引き下がろうとしない。このままでは埒《らち》が明かないと困り果てていた守衛であったが、そこに上司である男が姿を見せた。

「おい、どうした」

彼はギルドの査定を行う監督官の男であった。監督官は部下と揉《も》めている男が、つい先日見た顔であることを認めた。

「おや、君は……」

「あっ、先日はどうも！　お金ありがとうございました！　で、すみませんが、ここを通してください。大事な、大事な用なんです」

ピッケルの真剣な目をしばし見たのち、監督官はふっと表情を崩した。

「ああ、英雄殿。ぜひパーティーにご参加ください」

「英雄？　あの、よくわからないけど、ありがとうございます！」

頭を下げて、ピッケルは会場の中へと入っていった。

「アスナス様、あの、よろしかったんですか？」

しばらくして、守衛の男が監督官――アスナスへと話しかけた。

「ああ、いいんだ。彼は知り合いの、息子なんだ」

「知り合いの？」

「ああ」

ピッケルのあの目、間違いない。

アスナスは、友を思い出していた。

煌《きら》びやかなパーティーに突然押し入ってきた粗末な身なりの男に、会場は騒がしくなっていた。周囲の好奇の目すら意に介さず、男……ピッケルは堂々と、真っ直ぐミネルバへ向かって歩みを進める。物々しささえ感じる態度のためか、あるいは単に、闖入者《ちんにゅうしゃ》に関わり合いたくないだけか、参加者たちは自然と道を譲った。

だが、ミネルバの前に一人の男が、まるで姫を守る騎士のように立ちはだかった。ヴィゼットだ。彼は値踏みするようにピッケルを見て、嘲《あざけ》るように口を開いた。

「きみ、そんな格好で参加するなんて、非常識だよ。ここをどういった場と心得ているんだい？　何故衛兵が止めなかったのかはわからんが、即刻出ていきたまえ」

ヴィゼットの物言いに、しかしピッケルは憤ることも萎縮《いしゅく》することもせず、堂々と返した。

「田舎者ゆえ、このような場所の礼儀作法には疎《うと》く、失礼があったなら謝ります。用件はすぐ済みますので、とりあえずそこをどいていただけますか？」

間違いなく格下である人間の言葉に苛立《いらだ》ったヴィゼットが言い返そうとした時、背後のミネルバが、ピッケルに声を掛けた。

「ピッケル、どうしたの？」

そこで、ヴィゼットは目の前の男が、黒竜を撃退した冒険者であることに気づいた。全身から汗が噴き出す。こんな男と事を構えるのは愚かでしかない。

ヴィゼットはころっと態度を改めた。

「これはこれは！　英雄殿でしたか！　これは失礼！　私はヴィゼットと申します。一応男爵の爵位を……」

「……どいていただけますか？」

「これはこれは失礼！　高名な冒険者同士の大事な語らい、邪魔をする気はございませんので、どうかごゆっくり！」

そう言ってヴィゼットは、胸元から出したハンカチで顔を拭《ふ》きながら、パーティーの人波へと消えていった。

ピッケルはその場に残されたミネルバと顔を見合わせる。

ドレス姿のミネルバは、市場で会った時よりも眩しく輝いて見えた。初めて出会った時はお姫様のようだと思ったが、その評価は間違っていないと確信するに足る美しさである。

「それで、突然どうしたの？」

「これを持ってきたんだ」

ピッケルは、片手で抱えたメロンを差し出した。

「来年って約束だったけれど、君が美味しそうに食べる姿が何度も頭に浮かんできたんだ。また、そんな姿が見れればと思って」

「わざわざそんなことのために……？　……ありがとう」

ミネルバは、先日見た物よりも大きいメロンを両手で受け取った。ドレス姿では小脇にも抱えられず扱いには困ったが、彼の好意を、粗末にすることもできなかった。

ミネルバが笑顔を見せる。その表情に、ピッケルは自身の気持ちに確信を持った。

——ああ、父さんの指摘通り、俺はこの人のことが好きなんだ。

確信したピッケルは、衝動のままにミネルバへ向き直った。

「もう一つ、ミネルバさんにお願いがあって」

「何？　ああ、そういえば次は代金を払うって言ってたわね。ごめんなさい、今はパーティーの最中で、お金は持ち合わせが……」

ミネルバの言葉に、しかしピッケルは首を横に振り、代わりに右手をミネルバへ差し出した。

「俺の、嫁さんになってください」

突然の求婚に周囲がざわめく。ミネルバもまた、困惑していた。

しかし、驚きの中にあっても、ミネルバは冷静な計算を行っていた。ピッケルの力は黒竜をやすやすと撃退できる。それを利用すれば、ギルドをさらに大きくできるのでは、と。

ピッケルは見たところ、自分に惚《ほ》れている。簡単に誘導できるだろう。

邪《よこしま》な考えからピッケルの手を取ろうとしたミネルバだったが、ふと、幼い頃に母と交わした会話を思い出した。


『ミネルバちゃん、女の子が幸せになる結婚相手、どういう人かわかる？』

『王様や、貴族！』

『でも、王様や貴族でもいい人や、悪い人もいるわよ』

『じゃあお金持ち？』

『そういう、肩書じゃないの』

『えー。難しいよ』

『じゃあ答えを教えてあげる。それはね……』

――あなたのことを誰よりも愛してくれる、働き者の男よ。

ミネルバは、改めてピッケルの汚れた、大きな手を見た。女に求婚できる身なりではない。ピッケルは好きな女に喜んでもらいたい一心で、手を洗う時間を惜しんで、メロン一つを持って王都まではるばるやってきたのだろう。そして、この豪奢《ごうしゃ》な場ですら、自らの姿が高貴な身分の者たちにどう見られているかなど気にせず、恥じらいもせず、ただ堂々とミネルバだけを見ているのだ。

差し出された手から感じた彼の誠意が、ミネルバの心に大きな変化をもたらした。

(これじゃ、私、あの男と同じじゃない!)

他人の目を気にして、表面上は笑顔を浮かべて接してきたあの男。贈り物を裏で捨ててしまうあの男と、いつの間にか同じことをしようとしていた。

そんな自分が堪らなく恥ずかしく、恐ろしくなった。

(私には、彼の愛を受ける資格なんてない)

ピッケルは純粋で優しすぎる。自分では不釣り合いなほどに。そう思ったミネルバは、ピッケルの手を取らずに目を伏せた。

「……ごめんなさいピッケル、私には、あなたの奥さんになる資格なんてないの」

悲しそうな顔で発せられた、そんなミネルバの言葉に、ピッケルはしばらくきょとんとしたあと、笑いながら言った。

「俺の嫁さんになるのに、資格なんて必要ないよ。嫌なら嫌って言ってもらっても構わない。ただ、受け入れてもらえるなら、この手を握ってくれればそれだけでいいんだ」

ピッケルは気持ちの固さを体現するように、真っ直ぐに手を伸ばしたままミネルバを見つめる。

改めて見たその手は、土の色素が沈着した茶色い爪で、ゴツゴツとした荒れた手である。決して綺麗とはいえないそれは、地に足を付けた働き者の手だ。

ミネルバにはその手に見覚えがあった。畑仕事をやめる前の、自分の手とよく似ていた。

それに気が付いたミネルバは、メロンに視線を落とし、

「……ごめんなさい、私、その手を握り返せない」

「……そっか」

ピッケルが目を閉じて、残念そうな表情を浮かべ、手を引こうとした——その時。

「だってこのメロン、両手じゃなきゃ持てないんだもの」

「……え？」

ミネルバの言葉に、ピッケルは困惑して動きを止めた。見つめ合う二人に、ヨセフが近づいて両手を差し出し、ミネルバからメロンを受け取る。そして、ミネルバはヨセフにこう言った。

「ヨセフ、今日からあなたが【鳶鷹】のマスターよ」

そんな彼女の言葉に、ヨセフはやれやれと首を振りながら、

「メロンを渡すついでに言うようなことじゃないでしょう、まったく」

そんな嫌みを含んだ言葉を聞き流し、ミネルバはピッケルに向き直り、笑顔で宣言した。

「ピッケル！　私、あなたの奥さんになるわ！」

ミネルバは、差し出された手を握り返すことはしなかった。

代わりに、ドレスが汚れるのも厭《いと》わず、ピッケルの胸へと飛び込んだ。

これはのちに『農閑期の英雄』と呼ばれる男の物語の、そのほんの、ほんの序章に過ぎない。

誰よりも強く、誰よりも優しいその男の隣には、少し抜けたところがある彼を支える、美しく、交渉上手な、しっかり者の妻がいた。

第二章

ピッケルの求婚を受け入れたミネルバが、彼の生家へ帰る前に、二つの要望を出した。

一つはギルドの引き継ぎが終わるまで、帰省《きせい》するのは待ってほしいということ。これればかりはメロンの受け渡しのように簡単にはいかない。

そしてもう一つは、

「私、もうあなたの奥さんになるんだから、さん付けはやめてね？」

ということであった。
二、三日の猶予《ゆうよ》で家に帰ろうかとも考えたピッケルだったが、父の言いつけを思い出し、大人しく王都で待つことにした。
待っている間、ふとピッケルは【栄光】のことを思い出し、ギルド本部を訪ねた。

「ミランさん！　おかげ様で嫁さん見つかりました、本当にありがとうございます！」

実は、ミランもまた、ピッケルの功績からパーティーに招待されていたため、会場で一部始終を見ていた。入口でピッケルが騒ぎを起こしていた時も、遠目でその姿を認めて彼を呼ぼうとしたが、「ピッ」辺りまで出てきたところで彼の全身から発せられるただならぬ雰囲気に圧《お》され、口を噤《つぐ》んでいた。

そのため嫁探しについては顛末《てんまつ》を知っているのだが、それが自分のおかげだというピッケルの言葉の意味がわからず、理由を聞いた。

「謙遜《けんそん》しないでください。ミランさんが言ったように、Sクラス冒険者になったおかげです。女性に好きになってもらいやすいって教わった通りでした」

「……おっ？　おー！　だろ？」

咄嗟《とっさ》に話を合わせているとと、ミランの心に一つの懸念事項が浮かんできた。ミネルバが自分のことをピッケルになんと話すか、だ。いや、既に色々と話してしまっているかもしれない。

こんなやり取りをしている間にも、

「あ、そういえばヴィンテージは嘘ってミネルバに聞いたので、とりあえずゲンコツしますね」

と、ピッケルに頭を殴られて人生が終わる可能性だってある。

我が身を守るためには、何かしら対策を講じなければならない。そのために、ミランはまず、ピッケルの現在の自分への評価を確かめた。

「なあ、ピッケル。お前、俺のこと、どう思う？」

「なんですか？　突然……」

「いや、まあなんとなく気になって、さ」

ミランの突然の問いかけに、ピッケルは少し考えたあと、

「……そうですね、ミランさんに会ってから、俺にはいいことばかり起きてます。俺には兄弟はいないのですが、頼れる兄、といったところでしょうか」

予想以上の高評価だった。ミランは、自分についてミネルバが何も話していないことを確信した。

これならイケる、とミランはほくそ笑み、脳をフル回転させる。

「そうか、なら弟のお前の結婚生活が上手くいくように祈ってるよ、俺とは違って……な」

含みを持たせて、そんなことを言ってみる。

「はい、ありがとうございます！」

だがそれに気が付かず、ピッケルは素直に返事をした。

――いや「俺とは違って」のところに食いつけよ、もうっ！

などと思いながら、ミランは言葉を続ける。

「俺も、あの頃に戻れたら、間違いを繰り返さないんだけどな……」

過去を懐かしむように言いながら、遠くを見つめる――ふりをする。

「何か、過去にあったんですか？」

そんなピッケルの言葉に、内心で『よく食いついた！　偉いぞピッケル！』と快哉《かいさい》を上げながら、
ミランは話し始めた。

「母性と、嫉妬《しっと》だ」

「え？」

まずは、印象的な言葉から。ミランは、今はチンケな詐欺《さぎ》で投獄《とうごく》されている、彼の魔法の師匠の教えを実行し始めた。

「母性と、嫉妬。俺はこれを理解していなかった。そのせいで、愛する者を失ってしまった。お前は、そうなるなよ」

「……あの、よくわからないのですが」

「仕方ない……。本来なら、俺の恥ずかしい過去を人に話したくはない。でも、他ならぬピッケルの結婚生活のためだ、恥を忍んで明かそう」

「ありがとうございます！」

――よしよし。かなり食いついてきたな。

ミランは手応えを感じながら、続きを話し始めた。

「いいか、ピッケル。さっきの二つは、女性の象徴だ。そしてそれは、切っても切り離せない関係なんだ。ここまではいいか？」

「は、はぁ……」

『最初は考える間も与えず、話し続けろ』。ミランは教わった通りのことを実行する。

「まずは母性。本来は、自分の子供を守るためのものだ。だけどな、女性は母性が強ければ強いほど、弱い者を見ると子供に限らず守ろうとするんだ。俺の見立てだと、ミネルバはかなり母性が強い。思い当たる節、あるだろ？」

『思い当たる節あるだろ？　そう自信満々に聞けば、真面目な奴は、勝手にその節とやらを探す。いいか、自信満々に、だぞ』。師匠の言葉を思い出しながら、ミランが質問する。

「母性、ですか？　うーん……」

「しっかり、考えるんだ」

ピッケルはミランの言葉にしばらく考えてから、「あっ」と声を上げた。

「……そういえば、最初に、市場で出会った時、見ず知らずの俺を助けてくれました」

ピッケルはミランの目論見《もくろみ》通り、ミネルバが助けてくれたのは母性からだと思い込んだようだ。

――はい『節』来たね、偉いぞピッケル。

そんなことを内心で思いながらミランは続けた。

「やっぱりそうか！　良かったなピッケル。母性が強い女、これは嫁には絶好の相手だ。お前の見る目は、間違っていない」

「ありがとうございます！」

「ただ！　ただ、だ」

上げて落とす。これは基本中の基本。ミランは基本に忠実に、抜かりなく話を進めた。

「母性が強いと、必要以上に相手を庇護《ひご》しようとする。本来大したことのないものを、大げさに捉えてしまうんだ。そこは気を付ける必要がある。ここまでは、いいか？」

「なんとなく、ですが、はい」

とりあえず、今は理解を求めなくていい、なんとなく感じさせればいい。ミランは次の話題に移ることにした。

「次に嫉妬。これは愛情の裏返しだ。愛情が深ければ深いほど、その対象は拡大する。本来なら『ちょっと、今他の女の子見てたでしょ！』程度のはずが、嫉妬先が拡大し、本来嫉妬する必要のないものにまで嫉妬してしまうんだ」

「……よくわかりませんが、そういうものなんですか？」

「ああ、お前はあまり女性と接したことがないからわからないかもしれないが『仕事と私、どっちが大事？』といった本来比較する必要のないものまで比較する、それが女だ」

「まさか、ミネルバに限って……」

「まあ、そういうこともあるかも、って、覚えておけばいいさ」

そう言って、ミランは沈黙する。

沈黙、これが大事だ。相手に考える時間を与える。沈黙によって、本来こちらが思考を誘導したのに、自分で考えた気分にさせる。話し続けるのは、二流。一流は沈黙を利用する。これもまた、師匠の教えだ。あいにく、一流を自負する師匠は今は捕まってしまったが。

ピッケルが考え込んでいるのをしばらく眺めてから、ミランは再び口を開いた。

「で、もしかしたら、ミネルバは俺を悪く言うかもしれない」

「えっ!? どういうことですか?」

「さっき言った通り、まずは母性。小さなことも、大きく見える。そして、嫉妬。お前と仲がいい俺に、嫉妬を感じてしまうんだ。だからなんでも悪く捉えてしまう。でもこれは、仕方ない。それはミネルバが母性が強く、愛情深いからこそ起きることだ。で、その場合、お前どうする?」

「もちろん、ミランさんはそんな人じゃないって、キチンと説明します」

そんなピッケルに対して、

──望んだ答えが来た!

と小躍りしそうになる内心を表に出さないようにしながら、笑顔を浮かべミランは話し始めた。

「ありがとう、ピッケル。ただ、俺はお前がそう思ってくれているだけでいいんだ。でも、ミネルバがもし、仮に、俺のことを悪く言ったとしても、俺のことを庇《かば》ってはいけない。母性と、嫉妬がミネルバをムキにさせてしまうんだ」

「そ、それじゃ、どうすればいいんですか?」

「……そうだな、昔の俺には無理だったが、今なら言えることがある。ただ、今から教えることは、あくまで、お前がちゃんと考えて、お前の言葉で話すんだ。……約束できるか?」

ミランは真剣な眼差《まなざ》しでピッケルをじっと見つめる。それに答えるように、ピッケルは強く頷いた。

「わかりました」

「よし。いいか、ピッケル。そういう時はな――」


貴重な話にピッケルが感謝しながら、ギルドを立ち去ったあと。部下が意外そうな声を出した。

「マスター、結婚したことあったんですね」

「俺にも、お前の知らない過去くらいあるさ」

「……子供の頃から知ってますけど？」

「へっ。ならたぶん、赤ん坊の頃だろ」

ミランはそんなことを嘯いていた。


その夜、ミネルバに招かれ、ピッケルは彼女の部屋で食事をしていた。彼女の地元の郷土料理らしいが、その素朴で優しくも、未体験の味わいにピッケルは満足して何度もおかわりした。

「ミネルバは、料理も上手なんだね」

ピッケルの褒め言葉に満足しながら、ミネルバはピッケルに質問した。

「今日は日中、どうしてたの？」

「【栄光】に挨拶に行ってたよ」

ピッケルの返事に、ミネルバはハッと思い出したように話し始めた。

「いい、ピッケル。あまりミランと仲良くしすぎちゃだめよ。あの男は、変な噂《うわさ》も多いんだからね」

ミネルバのその言葉を聞いた瞬間、ピッケルの脳裏に昼間の話が蘇《よみがえ》った。

(凄い。ミランさんの言っていた通りだ。ミネルバは母性が強いから、こんなにも俺を深く愛してくれているんだな)

感動のあまり、ピッケルは思わずミネルバの手に、自分の手を重ねた。

「えっ、どうしたの？　ピッケル」

突然の行動に驚いているミネルバをよそに、ピッケルは話し始めた。

「俺のことを心配してくれるんだね、嬉しいよ。ミネルバみたいな優しく、愛情深い人を奥さんにできるなんて、俺は本当に幸せ者だ。求婚を受け入れてくれて、本当に、本当にありがとう」

真剣な眼差しで、心から嬉しそうに語るピッケルの言葉に、ミネルバは衝撃を受けていた。

今まで、ギルドマスターの立場から、所属する冒険者たちに数々の助言をしてきた。だが、女に指図《さしず》されることを気に食わない輩《やから》は存在するもので、面白くなさそうにするだけならまだしも、忠告を無視して早死にする者までいた。

しかしピッケルの反応は、そのどれとも違っていた。ミネルバへの、深い信頼。ピッケルの腕を通して、それが溢《あふ》れるほどに伝わってきたのだ。

勢いで決めた結婚だった。不安がない、と言えば嘘になるだろう。だがミネルバはこの時確信した。

――私は、間違っていない。こんなにも、私を肯定してくれる。こんなにも、私と過ごすのを喜んでくれる。こんなこと、この人の他にはあり得ない。

ミネルバは、今はただ、重ねられた手の温かみを感じていたかった。


いよいよピッケルの家へ向かうこととなった道すがら、ミネルバは自身の生い立ちを話した。

するとピッケルは、

「へぇ、ミネルバは本当にお姫様みたいな人なんだね」

と感想を述べた。

実際には半分、農民のようなものなのだが、きちんと説明してもピッケルは自分を「お姫様みたいだ」と言って憚《はばか》らなかった。

とうとう満更でもなくなったミネルバは、家に着く直前辺りには、

「ふふふ、私はピッケルのお姫様なのよ」

などと、少し調子に乗った発言をしていた。

ピッケルの生家は、年季の入った木の家だったが、その隣に、同じく木でできた真新しい家があった。周囲には広い畑があり、普通の田舎の農家といった感じだ。

「あれ、なんだこの家」

ピッケルも、新しそうな家のことは知らないらしい。不思議そうにしながら、もう一つの家へミネルバを案内する。

「ただいまー」

ピッケルがミネルバを連れて家に入り、帰宅の挨拶をすると、奥の部屋から「おかえりなさい」と返事が聞こえて、美しい女性が姿を見せた。

最初はその人を、ピッケルの姉だと思っていたミネルバであったが、すぐにその勘違いに気づかされることとなる。

「遅くなってごめん。この人がミネルバ。俺の……嫁さんだ」

嫁、と呼ぶのが少し恥ずかしいのか、ピッケルは軽く言いよどみながらミネルバを紹介した。

ピッケルからの紹介を聞いて、女性は身に着けていたエプロンを外しながら挨拶した。

「ピッケルの母のシャルロットよ。よろしくね」

ピッケルの姉かと思ったその女性は、なんとピッケルの母だった。

着ている服は普通なのに、気品なのかなんなのか、不思議なオーラを発して微笑む彼女に、ミネルバは同性ながらしばらく見とれてしまった。

そのあと、思わず跪《ひざまず》きそうになったが、それは流石に我慢した。

──うん、これが姫だ。ごめん、私、調子に乗ってました。

しばらく衝撃を受けていたミネルバであったが、挨拶を忘れていることに気づき、慌ててシャルロットに頭を下げた。

「ぴ、ピッケルさんの妻として来ました、ミネルバです！　これから色々、よろしくお願いしますです！」

変な敬語を使いながらの挨拶に好感を覚えたのか、シャルロットは優しく微笑んだ。

「あら、ピッケルったら、こんな美しいお嬢さんを連れてくるなんて。何も知らないと思ってましたけど、あなた、意外と面食いなのね」

「うん、ミネルバは俺のお姫様なんだ」

（やめて！　もう、やめて！）

ミネルバは心の中の何かが削られるような気がして、到着したばかりだというのに逃げ出したくなる衝動に駆られた。そんな逃げ道を塞ぐかのように、外から一人の男性が入ってきた。

「お、帰ってきたか」

「あ、父さんただいま」

男はピッケルを少し老けさせた感じだが、それでもピッケルのような大きな息子がいるとは思えない、若々しい覇気を感じさせた。

「父さん、この人がミネルバ。俺の嫁さんになってくれるって言うから連れてきたよ」

「ああ、お前がすぐに帰ってこないから、そうだろうと思ったよ。よろしく、ミネルバ。俺はクワトロだ。ようこそ、ヴォルス家へ、よく来てくれたな」

「はい、ミネルバです、これからよろ……ヴォルス？」

「ああ、そうか、俺もちょっとは有名だった時期があるから、耳に入ったことがあったか。たぶん頭の中に浮かんだ、そのヴォルスで間違いないよ」

クワトロは謙遜して言ったが、その有名度はちょっとどころではない。クワトロは国の語り草だ。

王の名前は知らなくても、クワトロ・ヴォルスならそれこそ子供でも知っている。英雄として、そして姫を拐《かどわ》かした犯罪者として。

つまり、ピッケルの母と名乗った女性は、誘拐されたシャルロット姫その人ということになる。とんでもない大人物が当然のように登場し、ミネルバは混乱を通り越して逆に冷静になった。

ミネルバは知らぬことであるが、黒竜撃退の功労者の名前は、ただの『ピッケル』として記録されていた。家名の方は、アスナスが手を回して記録から抹消したのだ。全ては、王女誘拐の罪に問われる友人に、迷惑を掛けないためである。

「父さん、外の新しい家なんなの？」

「ああ、どうやら嫁が来そうだから、頑張って急いで建てたんだ。まぁその割にはいい出来だろ？新婚なら、やっぱり新居に住ませないとな、嫁に失礼だろう」

「……父さん、ありがとう」

「勘違いするな、お前のためじゃない、嫁さんのためだ」

「ううん、俺の嫁さんのために、そこまでしてくれて、ありがとう」

「……ちっ、あんまり照れさせんなよ」

そんな微笑ましい家族のやり取りを、ミネルバはどこか遠くで聞きながら、『私、とんでもないところに嫁入りしたかも』と不安に駆られていた。

するとピッケルが、何か思い出したようにミネルバに話しかけてきた。

「あ、まだミネルバを紹介したい相手がいるんだ」

ピッケルがミネルバに声を掛け、外へ出るように促し、家の裏にある庭へ案内した。人けのない

その場所をきょろきょろと見回し、ミネルバはピッケルに問うた。

「その人、どこにいるの？」

するとピッケルは両手を口に添えて叫びだした。

「ちょっと待ってて。おーい！　ハク！　ハークー！」

大声が空へ響く。しばらくすると、バサッ、バサッと遠くから何かが羽ばたくような音が聞こえてきた。その音が、だんだんと大きくなってくる。

遠くから飛来する白い何か。それが近づくにつれ、ドラゴンであるとはっきりわかり、ミネルバは大いに慌てた。

「ぴ、ピッケル、ド、ドラゴンよ！　家に避難……あ、駄目だ、あれ家よりずっと大きい！　どうしよう！」

「ん？　大丈夫だよ、あれは『益虫《えきちゅう》』だから」

「え、えきちゅう？」

やがて、そのドラゴンは遠近感を狂わせるほど大きくなった。その羽ばたきで発生する風で、ミネルバはたたらを踏んで吹き飛びそうになったが、ピッケルがそっと肩に手を回してくれたおかげで、普通に立っていることができた。ドラゴンは、二人の前にズンッと音を立てて着地した。

それは、先日王都に現れた黒竜よりも一回り大きかった。

白竜《はくりゅう》。それは黒竜と対をなす存在。その力は圧倒的で、長い王国の歴史でも討伐記録のない、伝説の存在。そもそも目撃の記録すら、ほとんどない。存在自体を否定する者までいるほどだ。

ミネルバが身を強張《こわば》らせているのとは対照的に、ピッケルは軽い口調で話し始めた。

「ハク、ただいま、この人はミネルバ。俺の奥さんになってくれるんだ。ハク風に言えば、つがい、かな？」

ピッケルの話が伝わっているのか、いないのか、ハクと呼ばれたドラゴンに、自分がじっと見られているのがわかり、ミネルバは動けないでいた。

「旨《うま》そうな、女だ」

ドラゴンが発語し、ミネルバは二つの衝撃を受けた。

まず一つは、人語を操るドラゴン。それは神ともいえる力を持つ存在。過去、そのドラゴンの怒りを買い、滅ぼされた国まであるという。

そして、もう一つ。自分が、そんなドラゴンの『餌』として認識されたこと。

しかし——。

「……おいハク、言っていいことと、悪いことがあるんじゃねぇか？　お前まさか、『駆除』されたいんじゃねぇだろうな？」

そんな衝撃は、それ以上の衝撃によって簡単に掻《か》き消された。ピッケルが普段の彼からは想像できない荒々しい口調でそう言った瞬間、彼女の肩を抱いているその腕から、目の前の白竜以上のプレッシャーを感じたのだ。

戦いの予感。それも天地を揺るがすほどの。

一人と一匹の間でミネルバが恐々《こわごわ》としていると、しばらく睨《にら》み合ったのち、白竜が言った。

「ふっ。ピッケル、怒るな怒るな。冗談だよ、冗談、ドラゴニックジョークだ」

「あっ、なーんだ、ドラゴニックジョークか、全くハクはいつもそうやって。驚かせないでよー」

ピッケルとハクは、互いに物々しい雰囲気を引っ込めた。凶悪な歯の並ぶ口中を剥き出しにしているハクを見て、ミネルバは、

（この白竜は、きっと笑っているのだろう、うん、そうに決まってる）

と、自信はないが、そう思うことにした。そう思わないと、とても怖いから。

（……というか、ドラゴニックジョークって、何？）

当たり前のように使われるその単語に、今さらながら引っかかりを覚えていた。

夜。シャルロットの手料理をご馳走になったミネルバは、片付けを手伝おうと申し出た。しかしシャルロットは首を横に振った。

「来たばかりのお嫁さんに、そんなことさせられないわ。今日はゆっくりしていてね」

ぱぁぁ、と輝かんばかりのオーラを発する義母に思わず見とれてしまう。

そして密かにミネルバは、自分もこうなりたい、なってみせるという決意を抱くのであった。

「俺がいない間、父さん家建ててたんでしょ？　害虫は来なかったの？」

「ああ、どうやらハクがほとんど追っ払っててくれたみたいだ。最近運動不足って言ってたからな。気まぐれな奴だけど、益虫はこういう時は頼りになるな、やっぱり」

親子の他愛ないやり取り。その中で、ヴォルス家独特の『害虫』『益虫』というスラングがあることがわかった。

どうやら裏の山から飛来するモンスターのうち、家や畑に害となるものを『害虫』、一家に協力してくれるものを『益虫』と呼んでいるようだった。

伝説の白竜を虫呼ばわりするのはどうかと思ったが、ミネルバは自分の常識をこの一家に当てはめるのは、とうに諦めていた。しばらくしてから、クワトロが「そろそろ寝るか」と宣言して解散となり、二人は新居へと移動した。

寝室に入ると、クワトロの手作りらしい家具が並んでいた。

「あ、ベッド、一つなんだ……」

ミネルバはなんとなく、そう口にした。ベッドは大きく、二人で寝るとしても十分な大きさだ。

「夫婦なんだから、当たり前でしょ？」

そう言ってピッケルは先に布団を持ち上げて中へと入り、そのまま持ち上げた状態を維持して、ミネルバが中に入るのを促した。ミネルバは己の鼓動が速くなるのを感じながら、『うん、まぁ、夫婦だもんね、当たり前、だもんね』と、そう自分に言い聞かせるようにして、中へと入った。

そして中に入り、これから起きるであろうことをあれこれと想像し、

（私、上手くできるかしら。変なことしないかしら……）

そんな考えを頭の中で巡らせる。するとピッケルが、そっとミネルバの手を握って言った。

「ごめんね、なんか今日、色々驚かせたみたいで。不安になった？」

ピッケルの、自分への気遣いを感じるその発言に、ふっと身が軽くなり、緊張が解けたのを自覚しながら、ミネルバは答えた。

「うん、正直ちょっと驚いたわ。私が知っていることと、色々と違うから。でも、あなたがいてく

れたら、私には不安なんてないわ」

そう自分に言い聞かせた。

そんなミネルバの様子を見て、ピッケルが話し始める。

「俺はここで育って、ここで暮らしているから当たり前のことだけど、ミネルバは違うもんね。俺は物知らずの男だけど、何があっても絶対にミネルバのことを支えるよ。ミネルバが俺に、市場でしてくれたように」

ピッケルの力強い言葉。それを受けてミネルバは、やっぱりこの人を選んで良かったと思った。普通の男なら、好きな女の前で「自分は物を知らないから」などと、自分に足りないものをあっさり認めて口にしないだろう。でもピッケルには、それができる素直な心がある。そのうえで、自分を支えると言ってくれる。何も、不安に思うことなんて、ない。これから何が起きようと、彼に委《ゆだ》ねればいい。

そう、この夜、これから起きることだって……。

ふと、ミネルバは今日決意したことを思い出した。

「私ね、ピッケルのお母さん……初めて会ったばかりだけど、あんな風になれたらと思ったの。あの人みたいに、ここであなたと、これから生まれる私たちの子供を見守りながら暮らせればって。そう考えるだけで幸せなの」

ミネルバの言葉に、ピッケルは笑顔で返した。

「子供、か。……なら、やるべきこと、しないとね」

そう言ったピッケルは、ミネルバをじっと見つめた。

収まりかけていた動悸が、再び胸を打つのが聞こえる。ミネルバは自然と、『今はこうするべきだ』と感じ、目を閉じた。

……目を閉じた。

……目を、閉じた。

――目を、閉じてるの！

『なんか結構、時間がかかるのね。そういうものなのかしら』と、ミネルバの動悸が少し収まり、冷静になり始めた頃、ピッケルが口を開いた。

「二人で、ブルードラゴンにお願いしなきゃ」

「うん……ブルードラゴン……えっ？」

――ブルードラゴン？　どゆこと？

と、困惑したミネルバは目を開け、ピッケルを見た。ミネルバの戸惑いが伝わったのか、ピッケルは不思議そうに首を傾げた。

「……だって、子供って幸せのブルードラゴンが連れてきてくれるんでしょ？」

無邪気な顔で、目を輝かせてミネルバを見てくるピッケルの言葉を聞きながら――、

(物知らずってそこから!?　ちょっとご両親！　おたくの息子さん、ちょっと物知らずすぎやしませんか!?)

心の中で叫び、ミネルバはやっぱりちょっとだけ、不安になった。

そうして、ミネルバのヴォルス家での初夜は過ぎていった。

春からの地道な農作業の成果が、文字通り実を結ぶ秋のある日。

家の裏にある山の中から微《かす》かに聞こえた「メエェ」という鳴き声と、その後すぐに麓《ふもと》に立ち上った土煙を見て、ピッケルはメロンの収穫作業の手を止めた。およそ五十歩ほど離れた場所で、同じように収穫作業を行っているミネルバへと、声を張って呼びかける。

「火吹き羊の群れが来るよー」

彼の言葉に、ミネルバが「はーい」と返事を寄越《よこ》して、足元のメロンを慎重に避けながら、ピッケルの元へと駆けてきた。ミネルバがピッケルの元へたどり着いてすぐに、彼の言葉通り、山からヴォルス家の畑の方へと、二十頭ほどの火吹き羊が走ってくるのが彼女にも見えた。

火吹き羊とは、小さい個体でも普通の牛の体躯のおよそ二倍、大きな物になると三倍以上ほどの大きさとなる羊だ。実際に火を吹くわけではなく、驚くと山火事のように暴れ回ることから付けられた名前である、とピッケルは父に教わった。普通の羊同様に臆病《おくびょう》な動物なのだが、住処《すみか》である山中で天敵などに遭遇すると、このように驚いて山から飛び出してくるのだ。

群れは一直線に畑に向かってくる。

「よっと」

そんな掛け声と共に、ピッケルは自身のすぐそばまで来たミネルバを、胸に抱きかかえた。火吹き羊の群れが畑へ殺到する直前に、右脚を少し上げ、
ダンッ！

と、地面を踏み付けた。その衝撃で地面が激しく揺れる。火吹き羊たちは地面の震動に耐えられなくなり、バランスを崩して次々と転倒していく。それを見届けてから、ピッケルはミネルバを地面へ下ろした。

「何頭か押さえておくから、父さんに刈りバサミ持ってきてって、伝言をお願いできるかな？」

「はいはーい」

ミネルバは慣れた調子で返事をして、家へ向かう。ところが、クワトロは既にハサミと数枚の布袋を持ってこちらへ来ていた。ハサミといっても巨大で、刃渡りはちょっとした剣よりも長い。

クワトロが家に併設された工房で自作した物らしく、巨大生物の毛を刈るのに使っている。

その大きさに違《たが》わぬ重さで、ミネルバは過去に一度持ち上げようとしたが、ぴくりともしなかったので、それ以来は触れることもしていない。

「『震脚《しんきゃく》』の音が聞こえたからな、用意してきたぞ」

言いながらクワトロは布袋をミネルバへと渡し、火吹き羊の元へと駆け出す。その足取りは、とても重いハサミを肩に担いでいるとは思えない軽やかさだ。駆け出したクワトロを追いかけるように、ミネルバも両手で布袋を抱えてパタパタと走る。

ふと視線をピッケルの方へと向けると、彼が火吹き羊の尻尾を脇に抱えるように掴んで、両手それぞれに三頭ずつ、計六頭拘束しているのが見えた。彼に選ばれなかった他の火吹き羊たちは、回れ右をするように山へと逃げ帰っていた。捕まった火吹き羊たちは拘束から逃れようともがくが、ピッケルは大樹のようにぴくりとも動かない。

「あ、父さん早く早く」

「おう、ちょっと待て」

クワトロは地面へハサミを突き刺し、火吹き羊の頭を見上げた。長身のクワトロよりなお高い位置にあるそれに、ジャンプして軽く手首のスナップを利かせたゲンコツを当てる。それほど力を籠めていないように見えたが、火吹き羊は一発で昏倒《こんとう》してしまった。全て気絶させると、ピッケルが地面のハサミを手に取った。

「んじゃ、毛を刈っちゃおう！」

両手でハサミを開閉しながら、熟練の職人さながらの手付きで火吹き羊の毛を刈っていくピッケル。刈った毛は、ミネルバとクワトロが手分けして袋へと詰めていく。

「どうする？　一頭絞める？」

作業を続けながらそう問いかけたピッケルだったが、クワトロは首を横に振った。

「いや、見たところ全部オスだし、肉が硬そうだから、今日は毛だけでいいだろ」

「うん、そうだね。メスを捕まえたかったなぁ。でもメスがいたのは群れの後ろの方だったから、数を優先したんだよね」

ピッケルは毛を刈る手を止めずに同意した。

そんな二人のやり取りを、大量の羊毛を袋に詰め込みながらミネルバが聞いていた。火吹き羊の討伐は、仮に冒険者ギルドに依頼として出される場合、『Aクラスパーティ向け』のクエストとなる。

Aクラスの冒険者が複数人集まって、一頭を討伐するのが普通だ。火吹き羊は力が強く、多少の拘束は振りほどいてしまう。しかも大きな体をしていながら足も速い。さらに言えば、普通ならこれほど大規模な群れはいない。いたとすれば、ちょっとした災害になってしまう。小さな集落程度ならただ走り回るだけで壊滅させせられるのだから。

ピッケルたちのように、メスが良かったなどと選《え》り好みすることなど普通はできない。群れをはぐれて、単独で行動する場合はたいていオスの火吹き羊だ。そんなオスでさえ、王都の一流レストランに卸せば破格の値段が付く。

だが、ミネルバも嫁《とつ》いでから何度か食べたメスの火吹き羊の味が、それまで食べたオスの肉と比べても格別だったことには強く同意だ。

そんなことをミネルバが考えていると、シャルロットが追加の袋を持ってやってきた。

「あら、今日はちょっと多いわね」

シャルロットも合流し、家族総出で羊毛の回収作業を行う。このような火吹き羊の暴走は、ミネルバがこの一年で体験した限り、およそ二ヶ月に一回程度起こっていた。ヴォルス家ではその都度《つど》、毛を刈ることにしている。刈り取られた羊毛は衣服の材料や、寝具の綿、畑の肥料、畝《うね》への利用など、一家にとって貴重な資源となっている。

なので彼らの基準で言えば、この暴走する火吹き羊たちは『益虫』という扱いになる。

あらかた毛を刈り終えたところで、今度はピッケルが火吹き羊の頭をこつんこつんと叩いていく。すると羊たちは驚いたように跳び起き、山へと姿を消した。

彼らにとって火吹き羊は貴重な資源のため、毛を刈り終えたあとは食材用に絞める場合を除き、このように逃がすのが常だ。

毛を失って、少し縮んだように見える火吹き羊を見ながら、ミネルバはふと疑問を口にした。

「こんな時期に毛を刈られちゃって、このあと冬が来た時に寒くないのかしら」

ミネルバが火吹き羊たちにちょっぴり同情していると、クワトロがはっはっはと豪快に笑った。

「あいつらは普通の羊より毛が生えるのが早いんだ。ひと月もすれば元通りさ。冬には間に合うよ」

そう言ってクワトロは、ミネルバの体格だと両手で一つ抱えるのがやっとの袋を、四つほど空中に投げながら、お手玉遊びをするように運び出した。

そんな父の様子を見たピッケルが、

「よし、俺は五つだ！」

と、同じように、羊毛入りの大きな袋でお手玉を始める。

五つの袋で器用にお手玉をする息子を見て、

「なに！　なら俺は六つだ！」

対抗意識を燃やすように、クワトロが六つの袋でお手玉を開始する。

まるで、遊びの上手さを競う少年のようにはしゃぐ二人を横目で見ながら、ミネルバも袋の一つを手にする。ずしりとした重さの袋は、冒険者として鍛え、今もクワトロに『害虫駆除』のための特訓を付けてもらっているミネルバでさえ、息を整えなければ運べない代物であった。

「あ、無理しないでね」

と、ピッケルが優しく気遣ってくれる。ピッケルもクワトロも、七つの袋をお手玉して運んでいた。ミネルバは改めて、非常識な一家だな、と思った。

二人だけが特別非常識ではない。一年弱でこの状況に慣れきってしまった、自分も含めて、だ。

最初は多少不安に感じていたここでの生活も、蓋《ふた》を開ければ驚くほど彼女の性に合った。畑仕事をしている時間は、忙しくも、心が休まる時間だ。

畑に出て作業を始める前に、彼女はシャルロットに貰った乳白色のクリームを肌に塗る。

クワトロが手作りしたというクリームは、日焼け止め効果や保湿力が高い優れ物だ。さらに、柑《かん》橘《きつ》系の爽やかな香りも加えられている。シャルロットに贈った物らしいが、彼の心遣いを感じられる一品である。

ちなみに原料はこの辺りに出没する、人など軽く丸呑みにしてしまう凶暴な大蛇の分泌液を利用した物とのことだ。

（お義父《とう》様、若い頃相当モテたんだろうな）

そんなことを邪推してしまう。

準備を終えると、ミネルバは種を持って畑の中へ入った。土に触れていると、心が落ち着くのを実感できる。

土を耕したりといった力仕事はピッケルとクワトロが行うので、彼女の役目は種や苗を植えたり、雑草を取り除いたり、といった細かい作業が主になる。

それなりに疲れる仕事ではあるが、精一杯働けば夫から『ご褒美』が待っている。それを思うと、自然と顔が綻《ほころ》んだ。

午前中の作業のあと、昼食をはさみ、腹ごなしに『害虫駆除』の訓練をクワトロから受けたあとで農作業に戻り、日がある程度傾けば一日の作業は終わる。

その後、母屋《おもや》でシャルロットと協力して夜ご飯を作る。

シャルロットはこの生活の前には料理をしたことがなかった、と言っているが、それが謙遜に感じてしまうほどの大層な腕前で、ミネルバが嫁に来たことにより、レパートリーが増えたことをとても喜んでくれた。

食事が終わったらしばしば団欒《だんらん》し、母屋で風呂に入り、ピッケルと共に二人の家へ帰る。

帰るといっても隣なのですぐだ。

寝室に入ると、これから訪れる『ご褒美』に心が弾んだ。

「さあ、ミネルバ……」

ピッケルに促され、ミネルバがベッドへ横たわる。しばらくしてピッケルに触れられ、

「あ、そこ、んっ」

我慢できずに切なげに声を漏らした。つま先から頭まで太い指に責め立てられ、声が抑えきれなくなってしまう。

「今日も一日ありがとう、ごくろうさま」

これがミネルバが楽しみにしている『ご褒美』である。

ヴォルス家に代々伝わるしきたりらしく、一日の終りに、夫は妻の体をマッサージするのだ。

こんな辺鄙《へんぴ》な所へ嫁いできてくれてありがとう、という感謝の心を示す、いわば儀式のようなものであるらしい。

ミネルバはそれまで、妻を大事にする決まり事など聞いたことがなかった。王都の伝統的な価値

観からすれば異質だが、ミネルバは素直に感動した。

「今日はここ、疲れが溜まってるね」

このマッサージもただの指圧ではない。ヴォルス家に伝わる、指先に不思議な力を籠める指圧術なのだ。疲労回復だけでなく、病気の予防や治療にも効果がある。おかげで、環境が激変してもまったく病気に罹《かか》らないでいられる。

王都でマッサージ店でも開けば一財産築けそうなものであるが、ヴォルス家はそれをしなかった。マッサージが終わり、ピッケルが隣に横たわった。ミネルバを抱きしめて囁く。

「ミネルバ、この生活に不満とかあったら、すぐに言ってね。俺にできることなら、なんでもするから」

「いつもそう言ってくれるけど、不満なんてないわ。みんな優しいし、私、この家に来れて本当に幸せよ」

「うん、それならいいんだ」

そう言ってピッケルが彼女の頬に唇を触れさせる。くすぐられるような、心地よさと気恥ずかしさを感じていると……しばらくして聞こえてきた音に、ミネルバは心の中で呟いた。

(不満……あるとしたらそれよ、それ！)

穏やかな寝息を立てる夫に、ミネルバは内心で不満を口にした。

衝撃的な初夜から一年弱経った現在でも、ミネルバの思うような夫婦の営みはない。何故なら未だにピッケルは、『子供はブルードラゴンに祈るもの』と信じていたからだ。

ヴォルス家の秋の収穫作業も落ち着き、近日中に収穫した作物を卸しに王都へ行くことが決まった。収穫を終えて、自宅近くに建てた倉庫に保管された農作物を、空きスペースを利用して自家用の物と、販売用の物へと仕分けをする。

仕分け作業はクワトロの指示の下テキパキと行われ、二日目の午前中に終わった。

昼食を摂ったあと、ミネルバは日課である『害虫駆除』の稽古を、クワトロにつけてもらっていた。彼は、元Sクラスの冒険者で、勇名、悪名、どちらも高い。しかし、彼が類い希《まれ》なる強さを持っていた、ということは誰しもが頷く評価だ。

格闘術はもちろん、あらゆる武器を使いこなせるらしいが、ミネルバは主に剣術を習っている。剣術といっても剣の使い方だけではなく、基本的には体の運用方法そのものだ。体の運用を極めれば、あらゆる武器を使う基礎となり、その基礎を学ぶために使い慣れた武器を使用する、と説明された。よくわからないがしかし、達人であるクワトロの言葉に素直に従うことにした。

「俺やピッケルが使用する、ヴォルス家に伝わる戦い方は、山岳信仰者たちが使用した武術を、先祖代々発展させたものだ」

その後説明された、自然との合一を基本理念としたその武術体系、そして魔法技術への思想。それは、ミネルバの常識を軽く打ち砕いた。

内在、外在双方の力の利用が基本であり、また奥義でもあるとのことで、本来は修行者たちが最終的には神を目指すための修行の一環だった、というとんでもないものだった。

ミネルバはまだ入口に立っただけのため、クワトロの「焦らなくていい」という言葉に従い、害虫退治の仕事はピッケルたちに任せていた。

シャルロットもまた、それらから発展した魔法技術に優れていた。

「今日は冷えるわね、寒さに弱い作物にはこの冷気は毒ね」

と言いながら、畑の横に溶岩を召喚するのを見た時は、地獄が地上に顕現《けんげん》したのかと思ったが、彼女は鼻歌交じりであった。

「あなたもそのうちできるようになりますわ。余裕余裕」

そう言って微笑む義母との実力差にも、彼女のまとう謎のオーラにも打ち負かされそうになる。

クワトロやピッケルは彼女以上に魔法を使用できるらしいが、まだ使っているところを見たことがない。

当初は、どうせならピッケルに学びたいと思ったのだが、そうすべきではない理由をクワトロは二つ語った。一つは、夫婦だとどうしても甘えのようなものが出てしまう、というもの。シャルロットも、今は家を出て放浪中のクワトロの父、つまりピッケルの祖父が師匠だったということだ。

そしてもう一つ。それは、

「ピッケルは親の俺が言うのもなんだが、天才だ。ここに住み始めた、うちの開祖、最初のご先祖様の生まれ変わりなんじゃないかな？　と思うほどだ。でもそれゆえに、人に教えるのはあまり向かないだろう、できない奴の気持ちがあまりわからんからな」

とのことだった。

（それは、お義父様もなのでは……なんでもささっと作っちゃうし、めちゃくちゃ強いし……）

とミネルバは思ったが、甘えに関しては「確かに」と同意だった。

そして、クワトロの教え方は理論的で、非常にわかりやすかった。

習い始めてすぐに、剣が空気を切る音が質を変えたのがはっきりとわかったのだ。

ある日のこと。日課となった稽古をしていると、クワトロが話しかけてきた。

「何か悩みがあるみたいだな。剣に出ている」

ミネルバは素振りをやめ、クワトロへ向き直った。

「わかりますか？」

「ああ、そんな様子じゃ何回振っても無駄だ。心技体の統一、それが基本だ。まずはその悩みを取り除くべきだ。俺で良ければ、その悩みを言ってみてくれ」

水を向けられて、ミネルバは少し迷った。「ちょっと、恥ずかしいかも……」と思ったが、子供のことともなれば、当たり前だが義両親にも関係がある。

それにミネルバも未経験のことゆえ、ピッケルに、手順を上手く説明する自信がない。ならここは経験豊富（ミネルバ予想）な義父から説明してもらおう。そう結論を出し、ミネルバはクワトロに悩みを打ち明け始めた。

「あの、子供のこと、なんですけど。もし、よろしければピッケルに、お義父様から具体的な、その、授かり方のようなものを、キチンとご説明いただければ」

少し顔を赤くしながら述べられたミネルバのその言葉に、クワトロは少し怪訝《けげん》な顔をして、

「ピッケルには、ちゃんと教えてあると思ったけどなー」

と言った。

クワトロのその言葉に、

「お言葉ですが、ぜんっぜん伝わってません！」

ミネルバは食い気味に、ずいと体を寄せながら反論した。そのせいで、クワトロはミネルバの持つ剣が顔の前に突き出される形となった。彼女の珍しい剣幕のせいか、はたまた眼前の刃物のせいか、クワトロは珍しく「お、おう」と慌てた。

「わかった、わかった、じゃあこれから説明するよ」

クワトロは両手を肩まで上げて、「どうどう」とミネルバをなだめた。

（こんなことならさっさとお願いしておけばよかった。この一年、なんだったのかしら……）

ミネルバはそう後悔した。

「んじゃ、行こうか」

「え？　私も……ですか？」

クワトロに同行を促され、ミネルバは思わず聞き返した。てっきり、クワトロだけがピッケルと話をするかと思っていたのだ。

「説明するなら、二人一緒の方が早いだろ？」

「それは、そうかもしれませんが……」

「そうだろ？　おーいピッケル、母屋に来てくれー」

少し離れた場所で、両手を突き出しつつ中腰を維持してじっと目をつぶるという、ミネルバから見れば謎の鍛錬をしているピッケルを、クワトロが呼んだ。鍛錬を中断し、ピッケルが返事をする。

「うん、わかったー」

（え、何この急展開!?）

ミネルバは鼓動が速くなるのを自覚していた。


母屋のテーブルに着き、ピッケル夫婦はクワトロと向かい合った。シャルロットは今、台所でお茶を淹《い》れている。

お茶の到着を待たず、クワトロは話し始めた。

「ピッケル、確認なんだが」

「何？」

「いや、まぁ、そろそろ俺も孫の顔でも見てみたいかなぁ、などと思ってな。で、夫婦の問題に立ち入るのもなんだが、お前、子供の授かり方、ちゃんとわかってるか？」

クワトロの言葉に、ピッケルは心外だと言わんばかりに返した。

「もちろん、ちゃんとわかってるよ。ブルードラゴンに祈らなきゃいけないんでしょ？」

自信すら感じさせる答えに、クワトロは愕然としたような表情を浮かべた。

ミネルバはといえば、『どうです、言った通りでしょう？』という意志を籠めたドヤ顔でクワトロを見ている。

「なんだ、ちゃんとわかってるじゃないか」

「そう、ちゃんとわかってるんです。だからお義父様からきちんと説明をって、えええええっ!?

ちょ、ちょっとお義父様!?」

驚きから思わず声を上げたミネルバを、二人が「ん?」と不思議そうに見た。

「あなた、説明不足すぎますわよ」

ちょうどお茶を淹れ終わったシャルロットが、それぞれの席にカップを置いたあと、自らも席に着いた。彼女は優雅にお茶を口にし、その出来映えに満足そうに頷いたあとで、言葉を続けた。

「ちゃんと理解してもらうために、まず、ミネルバさん。サミスとアラドリエルの伝説をご存じかしら?」

ミネルバは頷く。

「はい、本来なら結婚できないドワーフとエルフの、種族の垣根《かきね》を越えた恋物語ですよね?」

「そうです。では何故、結婚できないかというと、その二種族では子を生《な》すことができないからです。人間とエルフは、繁殖できます。人間とドワーフもまた、繁殖できます。でも、エルフとドワーフは繁殖できません。種族として少し離れてしまっているのです」

ミネルバはまたも頷きを返した。そんなことは、少し常識を学んだ者であれば誰だって知っている。何故そんなことを今更、とミネルバは思った。シャルロットは構わず話を続ける。

「ですが、サミスとアラドリエルは子を生しました。それに一役買ったと言われるのが、あなたも知っているように、ブルードラゴンです。ブルードラゴンに祝福を受けたこの二人に奇跡が起き、二人の間に子供が産まれました。この寓話《ぐうわ》を基に、ブルードラゴンは子作りの象徴《しょうちょう》となりました」

「はい、それは知っていますが……」

「で、現状だと、あなたとピッケルの間にも、子供はできません」

「え？」

　さらっと告げられた衝撃の言葉にミネルバが固まっていると、シャルロットはさらに続けた。

「だってクワトロもピッケルも、人間ではなく、ほぼ人間なんですもの」

「ほ、ほぼ人間!?」

「はい、ほぼ人間です。人間そっくりな、別の何かです。だって正直言って、普通じゃありませんでしょ？　この二人」

「普通じゃないって、そんな……」

　二人をなんとかフォローしようと、ミネルバは目線を上へと向け、この一年を思い出し……、

「そうですね」

　目線を前へと戻し、同意せざるをえなかった。

「といっても、基本は人間と変わりません。ただ、子を生すことだけは、ブルードラゴンの力を借りなければいけない、というわけです。もちろん私とクワトロもそうしました。……それなしに、もし、その、妊娠の可能性がある行為をして、間違って子供ができたなんてことがあれば、変な拒否反応が出たりして……」

　そこでシャルロットは一度言葉を区切り、カップを持ち上げてお茶を飲んでから、先を続けた。

「……母子共々死んでしまう可能性もあるんじゃないか、と、私は考えています」

「それ早く言っといてもらえませんかね!?　もし、その……間違って、愛し合うようなことしてたら、どうするつもりだったんですか!?」

　彼女の話の内容がただ事ではなかったので、普段のように心の中だけ、というわけにもいかずミ

ネルバは叫んだ。それを聞いて、クワトロは静かに口を開いた。

「……ミネルバ」

「は、はい」

珍しく真剣な表情をしたクワトロに息を呑む。何か大事なことを伝えようとしているのだろうか。ミネルバが聞き漏らすまいとクワトロに注目すると、少し間を置いて、クワトロはこう言った。

「男と女が愛し合うことは、決して間違いなんかじゃあ、ない」

「……そうですけど！　今はそこじゃないです！」

……と。ミネルバは変に真剣な表情のクワトロの顔に、わずかに違和感を覚えた。そして、すぐにその正体に気が付いた。口元が、ピクピクしている。それを見て、彼女ははっと気が付いた。

クワトロは、相談を持ちかけられた時点からミネルバの悩みを見抜いていた。その上で、わざとどぼけてこの場の議題にしたのだ。つまり、ミネルバはからかわれていたということだ。なんて性格の悪い舅《しゅうと》だろうか、とミネルバは悔しがった。何か仕返ししてやりたい、そう考えた時、ふと思い至った。

クワトロの勇名と共に広く知られている、女癖の悪さについて。

「だってお義父様、最悪、私死んでしまってたんですよ!?」

「大丈夫、その可能性はかなり低いよ。いや、ないと言っていい」

「どうして、そんなことお義父様にわかるんですか!?」

「そりゃあ、先祖代々そんなことはないし、俺の経験上も……あっ」

——はい、勝った。

ミネルバが内心でほくそ笑むのと同時に、

「へぇ、ご先祖様はともかく、経験上ですか……ふーん、詳しくお聞かせ願いたいものですわね」

気のせいだろうか、シャルロットのオーラが非常に黒い。氷のように冷たい目で夫を見ている。

タジタジとしているクワトロを見て、ミネルバは勝利の味がするお茶を飲んだ。


そんな中、それまでやり取りを静かに聞いていたピッケルは、色々と考えを巡らせていた。

以前、父に「子供を作るにはブルードラゴンに力を借りる必要がある」と教わった。だから、全ての人間にとって、同じようにブルードラゴンへの祈りが必要不可欠だと考えていた。

だが、どうもそうではないらしい。

裏山で度々《たびたび》モンスターの繁殖《はんしょく》を見かけ、本で調べたこともあるが、普通の人間もあのように繁殖するものなのだろう。

考えてみればそうだ。全ての人間がブルードラゴンに会って祈っていたら、とんでもない列ができてしまうだろう。

(どうして俺はそんな簡単なことに疑問を覚えなかったんだ。俺の無知が、ミネルバに不安を覚えさせていたっていうのか。なら、きちんと謝らないと)

そう心の中で決め、ピッケルはミネルバの目をしっかりと見つめた。

ピッケルに見つめられ、ミネルバは思わず「何?」と聞きつつ、再び茶を口にした。

「ごめん、俺、ミネルバがそんなに交尾したいと思ってただなんて、気が付いてあげられなくて。

この農閑期にブルードラゴンに会いに行って、ミネルバの望み通り、たくさん交尾しよう！」

真顔で、拳を握りながら発せられた、愛する旦那からのとんでもない宣言。

ほんの一瞬で、ミネルバはこう思考した。

（ああ、せっかく逆転したのに……！　これじゃあ、お義父様を喜ばせるだけじゃない！　でも、負けっぱなしは嫌！）

そしてせり上がってきた衝動が口から噴き出す直前で、クワトロの方を向き、思いきり噴き出した。顔面に茶を浴びたクワトロは、呆然と顔をしかめている。

（お義父様、引き分けです）

ミネルバはそう思うことにした。


今後の予定が決まった。まず、王都へ向かい、農作物を卸す。次にその足で、ブルードラゴンの元へと夫婦で向かい、祈りを捧げる。肝心なブルードラゴンの居場所については、裏山に住まう白竜のハクが知っているだろう、そうクワトロにアドバイスを貰った二人は、ハクを呼び出した。

「なんだピッケル、我を気安く呼び出すではない」

ピッケルの呼びかけに応じて裏庭に現れた白竜は不満を口にしたが、ピッケルは特に気にしていないようだった。彼は長い付き合いから、このドラゴンが素直でないことを知っていた。

「そう言うなって、ハク。友達だろ？」

「ふん、まぁ親友と呼んでも差し支えのない間柄ではあるが、それとこれとは話が別だ」

「気安く呼び出せない親友ってなんだよ」

「それが竜種の頂点、誇り高き竜の帝王たる白竜だ。たとえ親友でも、呼べば来る、そんなちょっと便利な存在だと思われるのは心外だ」

（いつも大体、呼べば来ちゃってんじゃん）

ミネルバはこっそり心中でツッコんだ。

ピッケルはハクが相手になると、普段よりも軽快な語り口になるので、ミネルバはこのドラゴンが少し羨《うらや》ましかった。

しばし他愛のないやり取りのあと、ピッケルは本題を話し始めた。

「そろそろ俺たちも子供を作ろうと思ってさ。そうするにはブルードラゴンに会わなくっちゃいけないらしいんだけど、今どこにいるのか教えてもらおうと思って」

「……ふむ、いいだろう、少し待て」

ハクは目を閉じ、しばらく黙った。その様子を、同じく二人も黙って見つめていると、ハクはゆっくりと目を開いてから再び話を始めた。

「奴は今、人間どもがフラークスと呼ぶ湖にいる。お前らが王都と呼ぶ街から、遥か西だ」

ハクの言葉に、ミネルバが声を上げた。

「フラークス湖！　懐かしいわ、私の実家から三日ほどの所よ！　あんな所にブルードラゴンがいるなんて。地元に住んでいる頃は、聞いたことなかったわ」

ミネルバの驚きに、ハクは得意の冗談なのか、

「奴は恥ずかしがり屋だからな、めったに人前には姿を見せん。まぁ、力ある竜は大体そうだが」

と説明した。

(そういう理由なの？　威厳《いげん》を保つためとかじゃなくて？　冗談かどうかいまいちわかりづらいのよね……)

などとミネルバが考えていると、ピッケルが今後のことを提案してきた。

「じゃあ、王都で市場に寄って収穫した物を卸してから、ミネルバの実家に向かおう。結婚の挨拶もしないといけないし、ちょうどいいね」

「そうね、私こんな素敵な旦那様と一緒になったんだ、って両親に自慢しないと！」

「俺なんて、ミネルバには釣り合わない男だよ」

「そんなことないわ！」

突然二人の世界を形成し始めた夫婦の、愛の天地創造をハクが遮《さえぎ》るように告げた。

「……しかし」

ハクらしくない、少し躊躇いを感じるその言い方に、ピッケルは先が気になって聞いた。

「何？」

「我の見たところ、お前たちが今後どうするのか、という【選択】が提示される」

「選択？」

「ああ、そうだ。その選択次第では、子を生すのはしばらく先となる」

「えー。やめてよ、ハクの予言っぽいの結構当たるから、そんなこと言わないでよ」

「仕方あるまい、我がこの世界で何かを探そうとすると、それにまつわる事柄の、ある程度の因果が見えてしまうのだから。とはいえ、お前やクワトロにとっては我の見える因果など、些細《ささい》なこと。そうならない可能性は十分に存在する」

白竜から与えられた、突然の予言。

【選択】という言葉についてミネルバが気にしていると、ハクは彼女の方を向いて、珍しく話しかけた。

「ピッケルの妻よ、これを渡しておこう」

そう言ってハクはその巨大な腕を、自身の口元へと持ち上げ、そのあとで首をミネルバへと伸ばした。白竜の口の先端を見ると、腕から剥《は》がしたと思われる、ミネルバの手のひらほどの白い鱗《うろこ》が咥《くわ》えられていた。ミネルバは鱗を受け取りながら、聞く。

「あの、これは……」

「それはお前の身を護《まも》るお守りでもあり、取り立ての証文だ」

「証文？」

「これ以上は詳しく話せないが、お前たちの選択次第によっては、お前たちにとっても、我にとっても利を生むこととなる。できれば持ち歩いてほしい」

「……？　わかりました。それが偉大なる白竜、竜の帝王の願いなら、旅では肌身離さず持ち歩きます。ブルードラゴンの居場所をご教示いただいたお礼には、及ばないかもしれませんが」

「うむ、良い心がけだ」

二人がやり取りをしていると、ふと気になったのか、ピッケルがハクに脈絡のない質問をした。

「ねぇ、ハクは子供作らないの？　交尾したことある？」

せっかくの雰囲気ぶち壊しの天然を発揮した旦那の言葉に、ミネルバは大いに焦った。するとハクは、

「ノーコメントである」

と、早めの回答を返した。

その答えに、またもミネルバが戸惑う。表には出さないようにしていると、ピッケルはさらに食い下がって聞いていた。

「ええ？　いいじゃん、教えて……」

「ノーコメントである」

食い気味に発言を被《かぶ》せながら、かなり頑《かたく》なな白竜の態度に、ミネルバは『これも得意のジョークでは』と考えたが、その後も続くピッケルの質問をかわそうとするハクを見て、

(竜の帝王を気取ってるくせに、童《どう》の貞王《ていおう》だなんて……)

そんなくだらないことを考えてしまった。彼女は、自分の思考も毒されているな、などと思って反省した。

白竜が頑なにノーコメントを主張しつつ話を打ち切って飛び去ったあと、ピッケルとミネルバは母屋に戻り、クワトロに今後のことを相談した。

「結構遠いな、ピッケル一人ならともかく、ミネルバも一緒だと往復で二ヶ月ってとこか。まぁ、せっかくの帰省だし、もっとゆっくり色々見ながら旅してきてもいいぞ。冬の準備も、なんなら春からのこともこっちでやっとくから」

「ありがとう、でも、肥料や土壌浄化草の種は？　いつも王都で仕入れしてるでしょ？」

「ああ、それなら問題ない、ちょっと考えがあってな」

クワトロは頼もしくそう言い、加えて市場では最低六百ゴートで収穫物を売ること、余剰利益《よじょうりえき》の半分は二人の旅に使えばいいと言ってくれた。ミネルバは、それがかなり甘めに設定してもらった金額であることをなんとなく理解していた。クワトロの優しさに頭を下げる。

(これでちょいちょい人をからかう感じがなければ、最高の舅なのだけれど……)

明日一日を旅支度に当て、明後日に出発しようと計画したあと、二人は自宅に戻った。日課のマッサージを済ませ、いつもならすぐに眠ってしまう二人であったが、この晩は旅への興奮からかなかなか寝付けなかった。

「ミネルバの実家かぁ、楽しみだな」

「いつも言ってるけど、本当に大した家じゃないからね？　本当に田舎よ」

「君がどんなところで育ったか知りたいんだ。それに、こういうのって、新婚旅行っていうんだろ？　なんか、ちゃんとそういうことできるのっていいな、と思って」

「……そうね、楽しみだわ」

確かに、新婚旅行など一部の貴族にのみ許される贅沢《ぜいたく》で、日々の暮らしに追われる庶民がおいそれと行えるものではない。

決して楽ではないが、それでもゆとりある生活ができていることに、ピッケルとその両親へ感謝すると共に、彼らの愛情に応えたい……そうミネルバが思っていると、突然ドアが激しく叩かれた。

「父さんかな？　まさか、害虫か？」

「こんな夜に珍しいわね」

不思議に思いながらも、ピッケルがドアを開けると、一人の男が家に転がり込んできた。慌ててドアを閉め、座り込んで息を吐く男に、ピッケルは見覚えがあった。

「……ガンツさん？　お久しぶりですが、どうしたんですか？」

ガンツと呼ばれた男は、【栄光】でミランの補佐をしている人物だった。服はひどく汚れており、長い距離を急いで駆けてきたのだと感じさせた。

「ピ、ピッケル、本当に、こんな所に住んでいたのか、良かった！　突然ですまない、頼みがある……ミランの兄貴を……マスターを助ける手伝いをしてくれ！　頼む！」

そう言って、ガンツはピッケルの足に縋《すが》り付いた。ピッケルは慌て、ミネルバにクワトロを呼ぶよう指示した。

クワトロを呼びに家を出たミネルバは、ふと、ハクの言葉を思い出していた。

これが白竜の言う、【選択】なのかもしれない、と。

母屋へ通されたガンツは、シャルロットから出されたお茶を勢いよく飲み干した。休憩もろくに取らずに来たのだろう、と推測できる有様だ。

「お腹は減っていませんか？　よろしければ、簡単な物ならすぐお出しできますが」

シャルロットの気持ちは受け取りつつ、ガンツは首を横に振った。

「先に、諸々《もろもろ》の説明をさせていただきます。私はギルド【栄光】の冒険者、ガンツと申します。その節は、ピッケル君には大変お世話になりました。そして、まことに図々《ずうずう》しいお願いなのですが、再びピッケル君に助力願いたいと思い、訪問させていただいた次第であります」

荒くれ者の多い冒険者らしからぬ丁寧さを伴って、ガンツはクワトロとシャルロットへ挨拶した。

そんなガンツを見て、クワトロは懐かしそうに呟く。

「【栄光】か。俺も昔、そこに所属してたんだ。ここのことは誰に聞いた？」

「監督官のアスナス様からです。アスナス様からはピッケル君の家名を記録に残さないように、との指示も受けたことがありますので、何かしらの事情をご存じなのではないかと」

「ち、あいつ、借りばっかり増やしやがって……。で、本題は？」

「はい……。あれは、三ヶ月前のことでした……」


「国境の調査、ですか？」

「ああ、何やら識王《しきおう》の軍が変な動きを見せているらしい」

ガンツがヴォルス家に転がり込む三ヶ月前。【栄光】の本部にて、ミランとガンツは顔を突き合わせていた。渡された書類には『識王軍が辺境側国境の町、イブロンティアへと集結の気配あり。詳しい情報を求む』と書かれている。

イブロンティアは辺境の入口の町で、王国の東端、エンダムの街から緩衝《かんしょう》地帯を経て、徒歩でおよそ三日ほどの場所にある街だ。

辺境との交易の玄関として、王国からも常に多数の行商人が訪れたり、商会の支店が数多く存在している。しかし商人ではないガンツにとって、辺境や識王軍といった単語を聞いて最初に思い出すのは別のことだ。

「識王っていえば、確か私たちが子供の頃、辺境を統一したあとで王国との同盟を破棄して一度戦争してますよね？」

「そうだ、その時はクワトロ・ヴォルスの活躍で識王の軍は敗れ、撤退している。それ以来、大人しくしていたのに、最近また何やらきな臭い動きが見えるらしい」

「クワトロ・ヴォルス……ピッケルの父親、なんですよね？」

「まぁ、本人にちゃんと聞いたわけじゃないが、そうとしか考えられんだろう。もしかしたら、クワトロが参戦しない、という状況をシダーガは確信して戦争を決意したのかもな」

【識王】シダーガ。東の辺境の、亜人や魔族と言われる者たちの住む地域の王。

識王とは、シダーガがあらゆる魔導に精通していることへの尊称《そんしょう》である。辺境に多く住む亜人や魔族の中には、人間では考えられないほどの寿命を誇る者も多く、その中でもシダーガはまさに生きる伝説とも呼べる存在だった。

過去に邪神の討伐に参加した四英雄の一人で、その時に邪神に対抗するために『ある力』を得たと言われている。

その力で、戦争中は自ら前線へと赴き、魔法の力で配下の将兵を大幅に強化し、それまで複数の国に分裂していた辺境をまとめ上げ、最近では【辺境王《へんきょうおう》】を自称することもある。

辺境を統一後も、その領土的野心はとどまることがなく、過去には王国にも戦争を仕掛けてきた、という経緯がある。

ガンツは識王について思いを巡らせたあと、ミランに質問した。

「で、何を調査すればいいんです？」

「何もかも、さ。兵力、士気、兵站《へいたん》、識王の女の趣味、なんでもいい。もし戦争が起きた場合、対抗する作戦の立案、その後の交渉も含めて有利になる材料ならなんでも、だ」

「そういう情報の収集なら、王国軍に専門の部署があるでしょう？　いち冒険者の我々に、確度の高い情報収集など期待できないでしょう？」

「ま、冒険者なんて使い捨てってことだ。冒険者なら仮に拘束されても人質としては機能しないし、殺されることがあっても遺族に金を支払う必要もないからな。とにかく、戦争は俺たち冒険者にとって稼ぎ時だ。情報がそのまま金になるし、傭兵としての需要も生まれるしな」

「それはそうですが……その分命の危険も大きいのでは？　信条に反するでしょう」

ミランの信条は『死んだら終わり、だから生き残る』だ。名誉よりも自分が真っ先に生き残り、また仲間を生かすことに腐心する性格の彼がどうしてこんな依頼を持ってきたのか甚《はなは》だ疑問だった。

「……思い出しちまったからなぁ」

「思い出した？」

「ああ。ピッケルを見て、初心ってやつを思い出しちまってな。少しでも変わろうと努力してるってわけさ」

ミランの言葉に、ガンツは「そうですか」とそっけない返事をした。だが、表情は抑えられず、思わず綻んでしまった。そんなガンツをミランは「何ニヤニヤしてやがる」と鋭く咎《とが》めた。

ガンツにとって、ミランは幼い頃からの兄貴分だった。勇敢で、王立魔法学院始まって以来の天才、偉大なる賢者『ニルーマ』の再来と持て囃《はや》されていたミランが誇らしかったし、ヒーローのように憧れていた。

だが、初めてのクエストでもう一人の幼馴染を失って以来、彼は保守的な性格に変わってしまった。だから、新しいことに挑戦しようとするかつての姿勢を取り戻したことが素直に嬉しかった。

こうして、心機一転のミランの下、【栄光】は命懸けの依頼を受けることにしたのだ。

王都を出発して一月半後。

二人が到着したエンダムの街には、王国の兵士たちが集結していた。集まった兵士や冒険者たちのおかげか、街では普段以上に商品の需要があるらしく、商店なども活気づいていた。ところが、そのせいで物資も不足しているらしく、串焼き一つにも相場の倍の値段を要求された。

「こりゃあマジで戦争になるかもな」

「ええ、これなら王都から物を持ってきていれば売れてたでしょうね」

「そうだな、また戦争があるなら次回はそうしよう」

二人が収集した情報によれば、識王軍は辺境周辺で王国側の人間を次々と拘束しているらしい。そして、彼らを救出すれば王国から報奨金が出るのだという。さらに冒険者であれば傭兵として雇用もしてもらえるらしく、二人はどういった方法で稼ぐかを決めるため、イブロンティアへ向かうこととした。

街を抜け、二日ほど街道を進み、辺境側の森を抜ける。間もなくイブロンティアへ到着するという所で、ミランが慎重に行動するよう提案した。ガンツも同意し、なるべく目立たぬよう森の中を移動する。

程なくして、唐突に木材と少量の鉄で造られた粗末な門が現れた。どうやら、通行人を管理するために急ごしらえで用意されたようだ。

門に近づこうとした時、突然、門の間から数人の男女と、それを追う武装した兵たちが飛び出てきた。ミランの指示で、二人は藪の中へ隠れた。膝立ちになり、気配を消す。

飛び出してきたのは男が三人、女が二人。それに対し、追手は七人。それぞれがあまり質の高くない装備を持っている。

だが、ガンツの興味を引いたのは、その後ろにいる男であった。どこかの民族衣装のような出《い》で立ちの、戦闘には不向きそうな恰好の男だ。

「おい、これ以上逃げるなら身の安全は保障しないぞ」

兵士からの警告に、逃亡者の中でも最も年配と思われる男が反論した。

「わ、我々は拘束されるようないわれはない！　街にも、行商に赴いただけだ！」

必死の訴えに、しかし兵士はニヤニヤと下卑《げび》た笑みを浮かべるのみであった。

「悪いが、王命でね。怪しい奴は誰だろうと拘束しろと指示を受けている。抵抗するなら殺害するようにとも、な。選べ、捕まるか、ここで斬《き》られるかを」

聞くまでもなく、逃亡者に抵抗の手段などない。訓練を受けた兵を相手に行商人ができることなどないとわかっているのに、いたぶるような物言いに、ガンツは顔をしかめた。

すると、そのやり取りを後ろで見ていた派手な服の男がため息交じりに兵を咎めた。

「可哀想じゃない。識王様からの指示は、重要な情報を持っていそうな者、諜報《ちょうほう》や破壊工作をしそうな者の捕縛《ほばく》でしょ。彼らはとてもそうは見えないじゃない。逃がしてあげれば？」

男の言葉に、逃亡者の表情は明るくなったが、反対に兵の顔は不愉快そうなものになった。

「ヤン様。あなたはハーン帝国のお偉い方だと聞いていますが、あくまで客人。王命で動く我々に対し、指図は無用に存じます」

そうきっぱりと提案を却下する兵に、ヤンは肩を竦《すく》めた。

「指図するつもりはなかったんだ、ごめんね」

ヤンはそれ以上食い下がる様子もなく黙ってしまい、あっさりと引き下がった。その様子を見た逃亡者たちの顔が再び青ざめていく。兵は満足そうに頷き、逃亡者たちに迫った。

やり取りを見ていたミランは、なるべく声を立てないように独りごちた。

「ハーンの人間……？　この戦争の裏に、ハーン帝国がいるってことか？」

ガンツは隣で、兵たちの会話を基に、どの情報が金になるのか冷静にそろばんを弾いていた。

ところが、

「じゃあさ、そこの茂みの人たちも捕まえるのかい？　さっきから、こそこそとこっちを見てるみたいだけどさ」

ヤンが兵士の方を見ながら、ガンツとミランの方を指さした。ミランとガンツは顔を見合わせる。

気配を消すのにはそれなりに自信があった。位置取りも風下で、大きな音を立てたわけでもない。

しかし、ヤンという男はそれでも簡単に看破してみせた。

ミランは取り乱すことなく、小声で詠唱を開始、ガンツは腰に提げた剣の柄に手を添える。

兵士たちが武器を構え、慎重に藪《やぶ》に向かってにじり寄ってくる。

「おい、出てこ……」

「『青玉鎖《せいぎょくさ》』！」

兵の一人が口を開くのと同時に、ミランは勢いよく立ち上がって両手を突き出し、呪文を唱えた。広げた指先から、青く太い鎖が数十本生み出され、兵たちとヤンを拘束する。

「な、なんだいきなり!?　クソ、動けん！」

「逃げろ！」

鎖に拘束されたことを確認した瞬間、ミランは呆然とする逃亡者たちへ叫んだ。五人はようやく事態を呑み込み、一斉に走り出す。

『青玉鎖』は怪力を誇るオーガでさえも長時間拘束できる強力な魔法だ。逃げる時間は十分に稼げる。

「ガンツ！　俺たちも行くぞ！」

「はい！」

ミランが指先から鎖を切り離すと、先端は太い錐状となり、地面へと突き刺さった。これで兵たちは走って追うこともできない。その場を離れようとした、その時だった。

ばきんっ！

と、金属が砕ける音に、ガンツは驚いて兵たちを見た。するとヤンが、鎖を引きちぎっているのが見えた。

「なかなか強力な術だね。退屈しのぎで手伝っていた国境警備で、こんな術の使い手に出会えるなんてね。でも、拘束術じゃなく、攻撃魔法を使うべきだったたね。私はともかく、兵たちなら君の実力で一掃できるでしょ？」

「期待外れですまねぇが、あんま得意じゃないんだ、攻撃魔法は」

鎖を解かれた焦りは顔に出さず、ミランはあくまでも軽口で応じた。

ミランは得意でないどころか、一度手痛い失敗を経験してから攻撃魔法の発動に成功していない。ガンツはそれを思い出し、苦い顔をした。ミランもまた、同じことを思い出しているに違いない。

再起を期して歩み始めたとはいえ、すぐに割り切る、というわけにはいかないのだろう。

ヤンは見立て違いに首を傾げた。

「ふーん、そうは思えないけど……まあいいか。たとえそうだとしても、弱点を相手に言わない方がいいと思うよ？」

「へっ……ご忠告どーも！」

見下したような物言いに答えるや否や、ミランが再び詠唱を始めると、ヤンが面白そうに眉を上げた。

「かなりの力を感じる詠唱内容だね。だとしたらますます、信用できなくなるなぁ、さっきの言葉」

ヤンの言葉と同時に、ミランの魔法が完成する。

「『金剛壁』！」

左手のひらに、右手の拳をぶつけながら叫ぶ。するとミランとガンツ、そして対面するヤンの中間に、光輝く魔法の壁が生み出された。それはミランが使用できる中でも、最高の防御魔法。空間を断絶する魔法の壁を生み出し、相手の接近や遠距離攻撃を完全に防ぐ、師直伝のミランの奥義。

幾度となく二人の命を救ってきた、一日に最高で二回しか使えないとっておきの魔法だ。

「ガンツ！　今のうちに逃げるぞ！」

「は、はい」

二人が踵《きびす》を返そうとした時、ヤンが右足を上げ、勢いよく地面を踏み付けた。

ダンッ！

と、激しい音と衝撃が走る。衝撃が金剛壁に到達した瞬間、壁はわずかに震え、あっさりと霧散してしまった。それだけではとどまらない衝撃波が周囲を揺らし、堪らずミランたちは転倒する。

それによって兵たちの拘束も破壊されてしまった。

その場のほぼ全員が倒れる中、ヤンだけが悠然と歩みを進めていた。

「マジかよ、黒竜のブレスにだって耐えた、俺の魔法が……」

ミランの呟きがよほど興味深かったのか、ヤンは歩みを止めた。少し考えるような仕草のあと、ミランへと問いかける。

「へぇ、黒竜……？　あ、それじゃ王都をアイツに襲わせた時、その場にいたんだ。そっかそっか。

……じゃあさ、黒竜を撃退した男、知っているかい？　報告で聞いて、ちょっと興味があるんだ」

呆然としていたミランだったが、ヤンの言葉に我に返り、ニヤリと微笑んで軽口を放った。

「ああ、その男ならよーく知ってるぜ」

「じゃあ、教えてよ。そしたらこの場は見逃してあげるよ」

嬉しそうに、ヤンはミランの言葉に乗ってくる。

「サービス精神旺盛だな」

「そうでしょ？」

ミランはやや勿体《もったい》つけたように、ゆっくりと話し始めた。

「あいつは、俺の恩人で、仲間で、俺に色々と寄越しやがった。とても返せないほどな」

「……いや、そーいうのじゃなく、具体的に住んでるとことか、なんかそういう情報を教えてよ」

「お前みたいな奴にはちゃんと言わないとわからねぇか。お前がなんでアイツのこと知りたがってるか知らねぇが、いくら命が惜しいとはいえ、恩人のことを売るわけないだろ？　ばーか」

と、ミランが挑発した瞬間だった。ヤンは素早く踏み込み、ミランの胸にこつん、と拳を当てた。

力が入っているように見えなかったその拳で、ミランは糸が切れた操り人形のように地面に伏した。

細身の体に似合わず、ヤンは軽々と、赤子のようにミランを抱え上げる。そして、ガンツを見下ろし、冷ややかな声で言った。

「ねぇそっちの人、その仲間とやらを連れてきてよ。そしたらこの人返してあげるよ」

「……居場所は、知らん」

ガンツは答えながら、この場を打開する方法を必死で考えるが、何も手が思いつかない。ヤンはさらに、追い討ちを掛けるように言った。

「なら必死で捜しなよ、仲間を救いたいなら……さ。ちなみに、今この人の心臓に『術』を使ったから、大体三ヶ月くらいでこの人死ぬよ？　それが期限ってことで。王都に行って、また戻ってくるとしても、急げば十分間に合うよね？　じゃあよろしくね」

目まぐるしく変わる事態に思考が追い付かない。一方的に言葉を投げてヤンが去ろうとするが、それを兵の一人が止めた。

「困ります。そちらの男も拘束します」

ヤンは不服そうに口を尖《とが》らせる。

「えー。私がいなければ本来逃げられてたんだから、いいじゃない、見逃してあげてよ」

だが、兵士は頭《かぶり》を振る。

「それについてはお礼を申し上げますが、それはそれ。我々は王命を優先しなければなりません」

あくまでガンツの拘束を主張する兵に、ヤンは困ったように「うーん」と考えたのち、ぱっと明るい顔になった。

「あ、いい考えがある！　こうしよう」

「いい考え、とは？」

ヤンは兵士の肩にぽんと手を乗せ、

「こうするのさ」

と、兵士ごと、肩に乗せた手を地面に向けて押した。

それだけで、兵士の体の半分は、大型の生物に踏まれたように潰れ、地面のシミとなる。残った半分も地面に倒れ、周囲に静寂が流れた。

「うわあああ、な、何を!?」

潰された男を見た別の兵士が我に返り、取り乱して叫ぶ。ヤンは、いたずらの成果を誇る子供のように、無邪気な顔で説明した。

「君たちは冒険者を拘束しようとして返り討ちに遭ったってことにすれば、丸く収まると思って。いい考えでしょ？」

「ば、馬鹿な！　なんのために!?」

「だって、王命優先で私のお願いは聞けないんだろう？　なら、私の希望を叶《かな》えるには、こうするしかないじゃないか」

そう言って、ヤンは兵士たちへ向けて歩み出す。目の前の惨状に、兵士たちはすっかり竦み上がっていた。先ほどまで、王国の人間を狩る側だった兵士たちは、その立場からあっさりと転落させられる。踵を返して逃げようと試みて――程なくして、六つの死体が並ぶこととなった。感情もなく淡々と進められた、まるで家畜を相手にしたような作業の末に、ヤンはようやく微笑みを浮かべてガンツを見た。

「それじゃあさっきの件、お願いね？」

そう耳元で囁かれ、去っていくヤンの背中を呆然と見つめるガンツは、その場に取り残された。


「識王の野郎か……」

忌々《いまいま》しげに呟くクワトロに、ピッケルは問いかけた。

「父さん、知ってる人なの？」

「ああ。前回の戦争で駆除する寸前まで行ったんだけどな。必死に命乞《ご》いしてきたから、もう戦争はしないと約束させたんだ。うちのご先祖も世話になったんで見逃してやったんだが……」

識王は長命の種族であり、クワトロの先祖の代からの付き合いなのだという。

ミネルバは元冒険者として、クワトロの話に好奇心を刺激されていたが、場の空気を読んでそれ

を口に出すことはしなかった。

　クワトロがガンツへ向き直る。

「それで、お前が出会ったって男だが、たぶんそいつは【四矛四盾《しむしじゅん》】の一人だ。紺の衣を着ていたのなら、恐らく【矛《ほこ》】だろう」

「シムシジュン？　何それ？」

　ピッケルの疑問に、クワトロが答えた。

「ハーン帝国の最高戦力の八人で、皇帝の懐刀と言われている。帝国において聖なる数とされる八を、忌み数である四の二つで構成したとかなんとか。……ここからは俺の予想になるが」

　前置きをして、クワトロがさらに言葉を続ける。

「今回の戦争、大陸東部を支配するハーン帝国が、識王と何かしら利害が一致したんだろう。黒竜に襲わせた、という発言からも、王国の弱体化を狙って行動していることがわかるしな。俺が【栄光】でまだ冒険者をやってた頃、依頼で帝国に行くことがあってな。そこである物を当時の【四矛四盾】と奪い合って、結構やり合った。奴らはなかなかの強さだ。あいつらが一人でも参戦するなら、識王も勝機と思うだろうな、特に【二盾《にたて》】以上の強さの奴が来てるならな」

「【二盾】？」

「ああ、【四矛四盾】はそれぞれ【一矛《いちほこ》】や【一盾】といった肩書があるんだが、基本は与えられた数字が小さい者ほど強く、同数字なら【矛】が強いと言われている。あくまでも基本的には、だがな。最弱の【四盾】でも、若い黒竜ぐらいならあっさり倒すくらいの力は持っているだろうな」

「強いとは思いましたが、奴はそれほどの強さだったんですか……」

クワトロの説明に、ガンツが驚きを示した。そこまでの話を聞いて、シャルロットが何かを思い出したように発言した。

「確かあなた、当時の【二盾】から狙われて、逃げ回ってたんですよね？　アスナス様に聞きましたよ。あなたが逃げるなんて、そんなに強かったんですか？」

「……あの野郎、余計なことを。まぁ、強かったな、それはとりあえず置いといて……」

「あら、ごまかすの？　別に負けたっていいじゃない、あなただって無敵ってわけじゃないでしょうし」

「俺は負けたことなんかない！」

「逃げたのに？」

「逃げるのは負けじゃないからな。……で、ピッケル、お前はどうするんだ？」

クワトロの問いに答えたのは、ピッケルではなくミネルバだった。

「私は反対よ。お義父様が逃げるような相手なんでしょ？　ピッケルだって危険が……」

「……ミネルバ、心配はわかるが、俺はピッケルに聞いたんだ」

「差し出がましいのは重々承知していますが、でも、その【四矛四盾】ってのは別にしても、ミラン はピッケルを騙した男なんです。ガンツの話が本当なら、今回はピッケルを庇ったようですが……少し改心したからといって、危険な存在を相手にすることになるのがわかっているのに、助けに行かせるというのは妻として容認できません」

ミネルバは、怒りを抑えた冷たい声でクワトロに告げ、ガンツを睨みつけた。

「あなたたち、ピッケルから大事な農作物の売り上げを騙し取ったらしいじゃない。Sクラス冒険者に登録料が必要だとか言って。その話を聞いてすぐ、私はピッケルに、それは嘘だって教えたの。でも彼は優しいから、お金は増えて返ってきたから気にすることない、って言ってたけど……」

ミネルバはそこまで話し、感情を抑えるのに限界が来たのか、声を荒らげた。

「私は許せないわ！　だってピッケルや、お義父様、お義母《かあ》様が、どれだけ一所懸命、愛情を注いで、作物を育ててるのか、あなたたちにわかる!?　その大事な一年間の成果を、あなたたちは泥棒のように横から取り上げたのよ！　ピッケルがなんて言おうが、私は、あなたたちを許せない！」

言っているうちに、ミネルバは自身のトラウマを思い出し、声が震えてきた。溢れそうになる涙を必死に堪えながら、気丈にガンツを睨み続ける。

ガンツは、ミネルバに対して深く頭を下げ、平謝りした。

「本当に、申し訳ない。それでも、なんとかお願いできないだろうか？　虫のいい話だとはわかっている。俺もマスターも、全てが終われば牢《ろう》にぶちこまれたって構わない！　だから、この通り……！」

ガンツは必死に、這《は》いつくばるように頭を下げ、ミネルバへ懇願した。

だが、ミネルバは取り合わず、冷たい声でガンツの懇願を却下した。

「無理よ。私とピッケルは、この農閑期の間にフラークス湖に行かないといけないの。辺境とは東と西で真逆、辺境に行っていたら農閑期の終わりには間に合わないわ。ミランには、黒竜の襲撃で助けてもらったことだってあるけど、それとこれとは別。私たち夫婦の事情とは釣り合わない……」

「ミネルバ!!」

その時、ミネルバの怒り任せの言葉を遮るように、クワトロが叫んだ。ミネルバの体がビクッと強張《こわば》る。クワトロはゆっくり大きく息を吐き、落ち着いた声で話し出した。

「……大声を出してすまない、ミネルバ。そして、俺やシャルロット、ピッケルに対して、今言ってくれたお前の気持ちは本当にありがたい、ピッケルは最高の嫁を連れてきた、心からそう思ったよ。……でもな、さっきも言ったように、俺はピッケルに聞いたんだ。何故ならこの男は、俺でも、お前でもなく、ピッケルに頼んでるんだ。なら、どう答え、どうするかはピッケルが決めることなんだ。意見を言うのは、いい。でも、最後に決めるのは、ピッケルだ」

そう言ってからクワトロは息子の顔をじっと見つめた。

「今日、お前ら夫婦が子を得るためには、これからどうしなければいけないか、は既に伝えた。そして今、この男からの話を聞いた。その上でピッケル、お前はどう思う？　どうしたい？」

その言葉に、全員の視線がピッケルへと集まる。その中でも、特に縋るような眼でこちらを見てくるミネルバの視線を感じながらも……ピッケルは自分の考えを口にし始めた。

「……俺、そのヤンとかいう奴の所に行くよ。それがミランさんを助けることになるんだったらね」

その言葉に最初に反応したのは、やはりミネルバだった。

「どうして!?　前も言ったけど、ミランはあなたを騙したのよ!?」

「ミネルバはこう言ってますが、実際どうなんですか？　ガンツさん」

ミネルバの言葉を疑っているわけではない。だが、行き違いがないか確認するため、ピッケルがガンツに問いかけた。質問を受けて、うつむきながらガンツは答えた。

「……それに関しては本当だ、すまない。今回の依頼も、都合のいい願いだということは重々承知している、だが……！」

「正直に言ってくれてありがとうございます。俺、行きます」

その言葉に、夫の考えを問いただすように、ミネルバは強い口調で再度質問した。

「何故⁉　ピッケル、わかってるの？　そっちを優先したら、フラークス湖には行けないのよ⁉　せめて、理由を教えて！　そんなにミランのことが大事なの⁉」

「違う、確かにミランさんを助けたいとは思う。でも、俺が行くと決めた一番の理由は、ガンツさんだ」

予期せぬタイミングで突然名前を出され、ガンツは思わず「え？」と声を出した。

「ますますわからないわ。なんでガンツなの⁉」

妻の言葉に、ピッケルは諭すような口調で語り始めた。

「……ミネルバは教えてくれたよね、ここは普通の人が住める場所じゃないって」

「……ええ。実際、確かにそうよ、ここはそういう場所よ」

ピッケルの言葉の真意を掴み切れないまま、ミネルバが肯定する。その言葉を受けて、ピッケルはさらに話を続けた。

「普通の人なら、ここに来るだけでも命を懸けないといけない、本来ならそれほど危険な場所だって。でも、ガンツさんはここに来た。命懸けで、ここに来たんだ。自分の命を懸けてまで、ミランさんを救いたい、その気持ちがそうさせたんだ。俺は人と関わることがあまりなかったから、人の気持ち、本心を考えるのが苦手かもしれない、何度も間違い、もしかしたらこれからも何度も騙されるのかもしれない。でも、今回ガンツさんがここに来ると決意したこと、そして実際にそれを行動に移したこと。それはきっと簡単にできることじゃない、それくらいは俺にだってわかる。俺は、それに応えたい。そういった人たちの『誰かを助けたい』、そんな気持ちをわかってあげて、それに応えられる男になりたい。……そしてミネルバと俺の間に、この先、子供を授かったら『困ってる人は助けてあげなさい』、そう言える、そしてそれを実際に手本として見せられる、そんな父親、そんな男になりたいんだ」

「ピッケル……」

ピッケルの言葉に、ガンツは名前を呼び、体を震わせた。

そしてミネルバもまた、ピッケルの言葉を聞いて、心情の変化があった。全てに納得したわけではない。その話を聞いてさえ、反論ならいくらでも浮かぶ。

だが、ピッケルの瞳があの時……結婚を申し込まれた時と同じ、決意したことを必ず実行する、強い意志を感じさせる瞳だったから、絶対に曲げないであろうことを理解してしまった。

それに、ピッケルはきっと、これから先多くの人を救う運命にあるのだろう。そう、直感もしていた。彼にそんなつもりなどなくても、持ち前の優しさや強さで自然と周囲を救ってしまう。何よりも、過去に救われた自分が、それを理解していた。

だから今も、不満よりも先に、

――そうよピッケル！　そう来なくっちゃ！

と、ミネルバはそう思ってしまった。同時に、そんなお人好《よ》しな夫を、格好いいと思ってしまっている。だからこそ彼女は、白竜を嘘つきだと思った。

――こんなの全然【選択】じゃない。

ピッケルがどうするかなど、ガンツが助けを求めた時点で既にわかりきっていた。無駄だと思いながらも与えられた【選択】に抵抗してみたが、やはり駄目だったようだ。

そんなピッケルには、これから先も変わらないだろうという諦めと、変わってほしくないという願いを抱いていた。

「……いいわ、フラークス湖に行くのは来年にしましょう。それまでいてくれたらいいけどね、ブルードラゴンが。あと、辺境には当然私も付いていくわよ。とんだ新婚旅行になりそうだけど、東部は私も行ったことないからそれで我慢するわ」

「うん、ごめんねミネルバ……」

「いいの。謝る必要なんてないのよ、あなたが決めたなら従うわ。そして決めたことにはもう、ゴチャゴチャ言わない。あなたに嫌われたくないもの」

沈黙が流れたあと、ピッケルは気まずさを吹き飛ばすように、明るい声で言った。

「ミネルバを嫌うなんてあり得ないよ。それに、ミランさんが嘘ついてたってわかったし、ゲンコツしに行かなきゃだしね。俺を冒険者に誘った時、『嘘ついてたら思いっきりゲンコツしていい』って言ってたし、ね！」

と拳を握った。

「……手加減してやってくれよ？」

「いーえ、せめてそれくらいはやってもらわないと、私がスッキリしないわ！　ピッケル、手加減なしよ！」

「ああ、そうだね！」

ガンツの言葉にしかし、ピッケル夫婦は拳を握って振り上げた。

そんな、わざとおどけた態度を取る二人を見て、ガンツは深く感謝の念を抱くのであった。

そんなやり取りを傍《かたわら》で眺めていたクワトロは、息子の成長を喜ぶと共に、こうも考えていた。

（いい答えだった。でもなピッケル、それじゃあつまらない、やっぱり手に入れられるものは、全て手にしようとしないとな。もっと欲張りになれ、俺の息子なら、な）


その夜。ガンツを休ませたあと、ミネルバは夫婦の家へ戻った。

穏やかな寝息を立てる夫とは逆に、ミネルバはなかなか寝付けず、ベッドサイドの薄い照明を点けた。灯《あか》りに照らされたピッケルの寝顔を見て、シャルロットの言葉を思い出す。

「ほぼ人間、かぁ……」

詳細はわからないが、単に人間離れしている、という言い方でもなかった。ましてモンスターや他の動物ということでもないだろう。

明らかに別の存在。しかし、ほとんど違いもない。

不思議に思いながら、ミネルバは灯りを消し、ピッケルを抱きしめた。

（まぁ、とりあえずいいかな？　ほぼ人間、についてはまた考えよ……）

ピッケルの胸に顔を埋め、彼の体温、そのぬくもりの心地よさを感じながらしばらく目をつぶっていると、ミネルバもいつの間にか眠りについた。

第三章

辺境での争乱は、監督庁に勤めるアスナスの業務を大幅に増やしていた。いつも通りのやり方では間に合わないと判断し、早めに登庁し、執務室に籠もり、遅くに退庁する。今日もその予定で、黙々と業務を進めていた。

ようやく本日の業務終了の見通しが立った時、秘書官から来客を告げられた。

訪問者の名は、アスナスにとっては意外でもあり――来るべくして来たような気もして――うんざりとした心境になった。

「お通ししてくれ……」

正直仕事を優先したいのだが、忙しいから帰れ、などとはとても言えない相手でもある。返事をすると、その人物はすぐに執務室に入ってきた。

デュエルマン公爵家の執政《しっせい》、ロイネス。王の第一夫人、つまり現王妃マリアンヌの実兄、オーディロン＝デュエルマン公爵に代わり、デュエルマン家の一切を取り仕切る、言わば公爵の右腕ともいえる男。そんな男が、一介の冒険者ギルド監督官であるアスナスをわざわざ訪問してきたのだから、用件は想像がつく。

「はじめまして、アスナス殿。お忙しいところ申し訳ありません。以前王宮でお見かけしたことはありますが、このように改まって挨拶するのは確か初めてですな？」

ロイネスは恭《うやうや》しく頭を下げる。アスナスが、クワトロの凶行を止められなかったとして、近衛兵《このえ》の地位を解任される前、彼を王宮で見かけたことがあった。もちろん親しく挨拶を交わすような間柄ではないし、昔を懐かしんで訪ねてくるような関係でもない。

デュエルマン公爵の意向を汲《く》んで来たと見るのが妥当だろう。

「ええ、はじめまして。このような所にわざわざご足労ありがとうございます。呼びつけていただければ、こちらから伺いましたのに」

失礼がないように挨拶を返し、応接用の椅子を勧めつつロイネスを観察する。年の頃はアスナスと同じ四十代前半。執政ということで上級の使用人のようなものだと思われがちだが、先の辺境との戦乱でも公爵家の兵を指揮し、クワトロに次いで武功を挙げた剛の者であり、その佇《たたず》まいは堂々としている。本来、冒険者ギルド監督庁のような民間向けの組織に、わざわざ足を運ぶような人間ではない。それこそアスナスが言ったように、家人を使者として寄越し、呼び出せば済む立場だ。

勧めに応じてロイネスが座り、それを見たアスナスも「失礼します」と一言断ってから、対面に座る。

「いえ、近衛兵としてご活躍された『堅守卿《けんしゅきょう》』アスナス殿を呼びつけるほど私は不遜《ふそん》ではありません。一武人として、私はあなたを尊敬しております。本来このような場所で、冒険者ギルドの監督官のような立場でお仕事されるのは国家の損失です……いえ、もちろんそれも大事なことだとは承知していますが」

言外に滲《にじ》ませる態度に、アスナスは自分の予想が望まない形で当たっていることを直感する。

「過分な評価痛み入りますが、今の仕事は天職だと感じております。民や国家に奉仕している実感を日々得られますから。『堅守卿』などと身の程を越えた大層なあだ名で呼ばれたこともありますが、近衛兵は終日、同じ所に立っているのが仕事、というのも多いですからね。もちろんそれが様々な抑止として必要だと、頭ではわかっておりますが、仕事のやりがいという点においては目に見える成果ではなく、精神的なものになりがちですから」

アスナスは過去にこだわっていない、むしろ今が充足していると伝わるような話を、あえて口にした。それを聞いたロイネスは、軽く微笑みを浮かべつつ、

「もちろんそうでしょう、しかし……いえ、よしましょう。私も非才の身ではありますがデュエルマン家の執政、当然駆け引きが必要な交渉を任されることもあります。それなりに得意と自負しておりますが、やはり私は本来武人、好き嫌いで言ってしまえば、回りくどい挨拶や駆け引きはあまり好きではありません」

そして、身を乗り出すようにしながらロイネスが質問してきた。

「なので単刀直入に聞きます。一年前、黒竜を撃退したという『ピッケル』と名乗った冒険者の青年は、シャルロット様のご子息――つまり、国王陛下のご令孫《れいそん》であり、公爵閣下の又甥《またおい》に当たるのではないですか？」

相手はストレートなカードを切ってきた。アスナスに言わせれば「回りくどいのは嫌い」や「単刀直入」なんて言葉は、駆け引きの最たるものだ。

結局、自分たちに都合のいいことを答えろという言葉と同じ意味の場合が多い。さて、相手はどこまで調べ上げているのか。この面談に取られる時間のせいで、どうせ今日も昨日と同様に帰りは遅くなるだろう。アスナスはこうなったら事態を面白がることにしようと決めた。目の前の男と違い、回りくどいことは別に嫌いではない。

少なくとも、片付く前に新たに追加される書類の整理よりは。

『堅守卿』のあだ名は、守りの堅い武人と評価されたものだと皆が思っているようだが、実際は違う。クワトロが『お前は口が固いから、悪さの相談が気兼ねなくできて助かる、そうだ、その口の固さに敬意を評し〝堅守卿〟とでも呼ぼうか、ははは』と、ふざけて付けたあだ名だと、本当の由来を目の前の男に告げたらどんな顔をするだろうか。

しかし当然、それを言うことはない。何故ならそれを言ってしまえば、それこそ『堅守卿』を返上しなければならない。皮肉なことだ。そんな悪戯《いたずら》心に似た感情を芽生えさせながら、質問に答えることにした。

「ほう、そんな噂があるのですか。まぁ、英雄の裏に、実は隠された高貴な出自がある、なんてことを期待するのは、物語や噂にはままあります。どこから出た話か存じませんが、突拍子もない、無責任な話だと感じますね」

「……仰《おっしゃ》る通り、これといった確証はありません。ただ、その男は『ヴォルス』の姓を名乗り、あなたがその記述を削除するように内外に指示した、というところまでは調べがついております」

ロイネスが新たに把握している事実を小出しにしながら、こちらの反応を窺ってきたのを見て、単刀直入が聞いて呆れる、とアスナスは思った。その上で、そこまでは当然調べがついているだろう、と予測していた。でなければ、この訪問自体が不自然だ。もちろん内心を表情に出すような真似はせず、アスナスは頷きながら答えた。

「ああ、なるほど。それで……実を申せばその男に限らず、『ヴォルス』を名乗った人間は過去にも多数おりましたが、無用な混乱を避けるために、私が気が付いた時にはいつも同じように家名の削除を指示しております。クワトロ・ヴォルスのような、姫様の誘拐犯に憧れ、その名を借りる者が絶えないのは嘆かわしいことです」

「……なるほど。いつも同じような事務処理をしている、と」

「左様です。もっとも我々も全ての冒険者を事細かく把握しているわけではありませんので、当然漏れている者も多数いるでしょうが。しかし、確かにピッケルという男に関すれば、黒竜を撃退したことを見ても、少なくともクワトロの子を名乗るに相応《ふさわ》しい力を持っているようで」

そこまで言葉を続けたあと、アスナスは少し考えるような仕草をして、このような事態を迎えた時のために以前から考えていた『言い訳』を口にした。

「とはいえクワトロは女好きな男でしたからなぁ。よその女に子を産ませている、なんてこともあるでしょうし、ヴォルス姓を名乗った、それをもってピッケルという男が、奴と姫様のご子息と決めつけるのは早計かと」

「……確かに、クワトロの子だからすなわち姫様のご子息、とは言えないかもしれませんな。ただし、仮にクワトロの子だと仮定した場合、やはり姫様のご子息という、その可能性は高いのでは？」

「そうですね、私個人は今の今まで考えもしておりませんでしたが……そう言われれば可能性があるのかもしれませんね」

言いながら、考えてもいなかった、は流石《さすが》に少し無理があったかな、とアスナス自身も思う。実際、ピッケルがクワトロとシャルロット姫の息子だと、アスナス個人は確信している。そして、現在の王室を取り巻く状況から、公爵家が姫の子供、その存在に固執《こしつ》する理由もわかる。むしろ公爵家にとって、姫様に子供がいるというのは待ち望んでいたことだと容易に想像できる。

ただそれは、あくまで公爵家にとっての話で、ピッケルにとってどうかはわからない。わからない以上、アスナスは自分が出しゃばるような真似は控え、距離を置いて対応すべきだと感じている。

アスナスの態度に、埒が明かないと感じたのだろう、ロイネスはふうっとため息をついたのち、切り出した。

「わかりました。アスナス殿とクワトロの過去の間柄を考えれば、何かしらご存じではないかと期待しておりましたが、これ以上はお聞きしてもただいたずらにアスナス殿のお時間を奪ってしまうだけでしょう。結局、事実確認ともなれば、本人か、それこそ姫様の口から聞くしかない、ということですな。――であれば、もし、ピッケルという冒険者が再び王都に来て、アスナス殿を訪ねてくることがあれば、公爵家にお報せいただくか、ピッケル殿ご本人に当家を訪問するように、と伝言をお願いできますでしょうか？」

ここまでの会話は前振りで、結局、これを言いに来たのだろう。この要請は断れない、これを断るのはあまりにも不自然だ。ピッケルが自分を訪ねてくる可能性……わからない。ない、と言い切れない。八日ほど前に【栄光】のガンツが自分を訪ねてきた際、ピッケルの所在を教えた。ガンツが現在抱えている事情もその時に聞いている。

あくまでも勘だが、ピッケルがアスナスの思うような人物であれば、【栄光】のマスターを救出に行くだろう。その前に自分を訪ねてくる……可能性はある、いや、高い。

山での暮らししか知らないピッケルは、恐らく辺境に妻を伴うはず。そしてピッケルの妻となった、元【鳶鷹】ギルドマスターであるミネルバなら、戦場となる辺境に、ただで向かったりしないのではないか？

行き掛けの駄賃《だちん》で、何かしら辺境でのクエストを受注する可能性は高いと感じる。そしてギルドマスターの経験も豊富なミネルバなら、ギルドではなく、監督庁で依頼を吟味《ぎんみ》するだろう。

それ自体は、アスナスも望んでいることでもある。今の状況は、幾らでも人手が欲しい。有能な冒険者ならなおさらだ。仮にピッケルが王国側の傭兵に志願すれば、識王の軍も、そして自分の机に積まれた書類の案件の幾つかも、簡単に処理してくれそうだ。

それに、ここでロイネスの頼みを承諾するしないに拘らず、今後アスナス自身の動向は、恐らく公爵家に監視される。むしろ、ロイネスはそれを遠回しに伝えるために来たと言っても過言ではない。なら、この申し出に抵抗する意味はない。

「ええ、もちろん。すぐにでもお報せいたします」

アスナスの返答に、ロイネスは満足げな笑顔を浮かべて頷いた。

「ありがとうございます、ではよろしくお願いいたします。……それとは別に、アスナス殿より当家の護衛に稽古をつけていただけませんかな？　辺境との戦争も差し迫っておりますし、兵の質の向上を図りたいのです。もちろん、相応の報酬はお支払いいたします」

「ははは、ありがたいお申し出ではありますが……私ごときが、ロイネス様が直々に稽古されている精鋭に、何かお伝えできるとはとても思えません」

「いえいえ。たまには別の方からの指導も兵にとって良い刺激となるもの。今日、明日にでもすぐに、とは言いませんので、ぜひご一考いただければ」

そう言ってロイネスは立ち上がり、アスナスへ向けて手を差し出してきた。アスナスも立ち上がって手を握り返し、返事をする。

「はい、承知いたしました。とはいえロイネス様ほどではありませんが、此度《こたび》の戦争で冒険者向けの依頼も増えておりまして、私もそれなりに忙しくしております。いつとはすぐには申し上げられないのは心苦しいですが、機会があればぜひお伺いいたします」

アスナス個人も公爵家に取り込もうとするその姿勢に、公爵家がピッケルに対して期待しているものの大きさ、その本気の度合いが窺える。ロイネスが退出したのち、アスナスはふと先ほどまでのやり取りを思い出しながら、自らのことを疑問に思った。

何故自分は、ピッケルをクワトロと姫の子だと思うと言わなかったのか。

今更ながら思うのは、アスナスが仮にそう言ったところで、特に状況がすぐに変わることもないだろうということだ。結局、ピッケルがどうするか、でしかない。

（……ああ、そうか）

アスナスは気が付いた。結局、秘密の独占に快感を覚えているのだ。クワトロに悪事の相談をされて、それを心の中にとどめ、しまいには『堅守卿』などと呼ばれた時も、誰も知らない真実を独占していることが楽しかった。いつの間にか、独占欲の強い人間となってしまっていたようだ。

「まったく、これもアイツのせいだ」

今回は相手が相手だ、いつまでも白らの心の中にしまっておけるかはわからない。ただ、その時が来るまでは、この秘密を楽しもう。とりあえずその楽しみは、会談によって失った時間を取り戻すための残業代だ、と割り切ることとし、アスナスは書類の仕分け作業に戻った。

クワトロから「役立つ物を用意するから、出発は二、三日待て」と指示された。この間、ガンツは焦りを募らせつつも、少しでも人質の印象を良くしようとミランの魔法学院時代の逸話を披露したが、ミネルバからは「随分と落ちぶれたのね」と評されただけだった。

そして三日目の朝。クワトロが皆を、白い大きな布に覆われた物の前に集めた。

馬車ほどの大きさのある発明品を、クワトロは披露したくてうずうずしているようだ。

「こいつは、俺の最近の発明では一番の自信作となった。全員、注目！　そして……オープン！」

クワトロが布を引くと、その下にあった物が姿を見せた。屋根付きの四輪のリヤカーだ。王都にピッケルが引いていった物より倍程度大きい。荷台の前に、背もたれの付いた座席が二列ほど設置されており、四人ほどが腰を掛けられる。荷台は木をベースに、ところどころを金属で補強されており、車軸などは金属だけでできているようだ。座席まで覆われた屋根は、ミネルバが座席の上に立ち上がれるほど高い。その天井部分に、箱のような物が付いている。

「……なんですか、これ？　リヤカーにしては、やたら大きいですけど」

ミネルバの質問に、クワトロは胸を張って答えた。

「名付けて、【走快《そうかい》リヤカー】だ！」

「……」

質問に答えてもらったにも拘らず、ミネルバはますます混乱した。とりあえず、名前がダサい、現状だとそれしか情報がない。クワトロはピッケルの方を向き、牽引《けんいん》用のハンドルを握るように指示する。

ピッケルがハンドルを握ると、クワトロは次の指示を出した。

「ピッケル、【綿毛《わたげ》】だ」

「【綿毛】？　うん、了解」

謎のやり取りをする二人を見ていると、シャルロットが「なるほどねぇ」と呟いた。理解の追い付かないミネルバとガンツをよそに、ピッケルが突如、何かを口にし始めた。それは、聞いたことのない言葉だった。いや、言葉であるのかすら疑わしい。うがいをしながら話した言葉を掠《かす》れさせたような、地の底から響いてくるような、本能に警戒を感じさせる不気味な声。

しかし、ミネルバにはどこか聞き覚えがあった。

「ドラゴンの……声？」

「そうよ、竜言語《りゅうげんご》ね。【綿毛】は、竜が飛ぶ時に使う言葉よ」

となると、竜の魔法ということなのだろうか？　ミネルバがそう考えていると、大きなリヤカーが目の前でふわっと浮き上がった。

「う、う、う、浮いてるぅー!?」

ミネルバとガンツが口を開けて驚いていると、クワトロが愉快そうに解説を始めた。

「これぞ【走快リヤカー】の浮遊モードだ！」

「ふ、浮遊モード!?」

クワトロがリヤカーの屋根に取り付けられた箱を指し、解説を続ける。

「あそこ、屋根に箱があるだろ？　あそこに【竜玉《りゅうぎょく》】が入っている。竜玉ってのはドラゴンの成長と共に体内で生成される硬い石で、竜語で【綿毛】の言葉に反応してドラゴンに浮力を与え、周囲の風の影響を抑える効果を持っている。あの巨体が空を飛べるのも、それが理由だ。本来なら竜玉を宿した竜白身の言葉にしか反応しないんだが、ハンドルを握る人間を竜玉の所有者と認識するように調整した。これが一番大変だった」

「はあ……」

「これがあれば、地形や荷物の重さ、風や空気の抵抗の影響を受けずにリヤカーを引っ張れる。竜語が使えるのが最低条件だけどな」

「そうですか……」

「つまり、車体への影響や振動などを一切気にせず、ピッケルの走る速度を、ほとんどそのまま出せるってことだ」

「……！」

その言葉にミネルバは、はっとした表情を浮かべ、やっとこのリヤカーをクワトロが作った理由に思い至った。その表情から、クワトロは彼女が答えにたどり着いたことを確信して、先回りするように言った。

「つまり、急げば辺境に行って用事を済ませてからブルードラゴンの所に向かっても、今回の農閑期が終わるのに間に合うだろう」

「ありがとうございますお義父様！　最高です！」

感情の高ぶったミネルバは、思わずクワトロに抱きついた。クワトロは彼女の頭をぽんぽんと叩いてやり、優しく言った。

「ミネルバみたいな出来た嫁に、不要な我慢させるのはヴォルス家の名折れだからな。それに俺だって、早く孫の顔が見たいからな」

そんなやり取りをしていると、ピッケルがハンドルから手を放して戻ってきた。

「でも、大変だったでしょ？　この大きさの物を作るのは」

「流石だなピッケル。わかるか」

「ええ、本当に凄いわ。こんなリヤカーを三日で作ってしまうなんて……」

ところが、ミネルバの称賛に、ピッケル親子は「ん？」という表情になった。

「リヤカーじゃないよ、ミネルバ。あれ、あれ」

ピッケルは、リヤカーではなくクワトロが放った白い布を指していた。

どういうこと？　とミネルバが困惑していると、

「ああ、リヤカーは半日程度で作った。こんな大きな物を隠す布を織るのに時間がかかっちまったんだよ。やっぱり、お披露目前にはちゃんと発明品を隠しとかないといけないからな！」

ミネルバは思わずずっこけそうになりながら、

「この一刻を争う状況で、何に拘《こだわ》りを見せてるんですか!?　ピッケルも頷かないで！」

改めて、ほぼ人間のピッケルとは感覚が違うのだろうか、と思った。

――その後、布は撥水《はっすい》効果もある丈夫な物で、雨の時はリヤカーに被せて車体の劣化を防ぐのに必要なこと、布を車体に固定することでテントとなり、野営などもリヤカーで行えるようにする優れ物だと聞いて、なんとか納得することにした。

リヤカーへ農作物と荷物を積み終え、いよいよ出発となった。農作物にはシャルロットが【時間経過遅延】の魔法を掛けており、傷む心配もないという。

まずは王都へ向かい、農作物を卸したあと、アスナスへ相談するのだ。

クワトロはピッケルだけを呼び出し、二人きりで話を始めた。

「ピッケル、今回のことから何を学んだ？」

「……どっちかしか選べないと勝手に思い込んで、勝手に一方を諦めたりすべきじゃない、そう教わったよ。ありがとう」

「そうだ。どうしても諦めなきゃいけないことってのはある。でもな、それは可能性を突き詰めた上で判断するんだ。もっと欲張りになれ。お前にはそうできるように教えてきたはずだ」

「うん……そうだね」

「それをこれからも学ぶためにも、一つ言っておく。お前がここでの生活を愛していることはわかる。……でもな、お前はまだ若い。もっと、世界を見ろ、ここでの生活、考え方に縛られる必要なんかないからな。父さんも母さんも、まだ二人でこの生活は維持できるし、お前がいなくてもなんとでもなる。お前が何かやりたいと思えば、なんでも実現できる、そう育てたつもりだ。もちろん、ここに戻ってきてもいい。……とにかく、折角の機会だ、色々見てこい。そして自分の『道』が見えたなら、俺たちのことなんて考えず、迷わず選んでいいからな？」

「うん、わかった」

その後クワトロは黙って拳を突き出した。ピッケルはその拳に、自身の拳をこつんと合わせ、宣言した。

「とりあえず、これが『道』かどうかはわからないけど、まずはさっさとミランさんを助けて、ブルードラゴンに会ってくるよ。もしその過程で、俺が進みたい『道』が見つかったら、戻ってきてから報告するよ」

「ああ、そうしてくれ」

父との会話を終えたピッケルはリヤカーへと戻り、ハンドルを握る。後ろを振り返り、既に座席に座っている二人に声を掛けた。

「じゃあ出発するよ！」

「うん！」

「ああ」

二人の返事を聞き、ピッケルが竜語を使ってリヤカーを浮かせた。その後再度振り返り、出発を見守る両親へと声を掛けた。

「じゃあ、行ってくる！」

「ああ、行ってこい」

「私が作ったハンカチ、ちゃんと使ってね」

しばしの別れの前に、腕を組みながら返事する父と、未だ子供扱いする母の姿を目に焼き付けたあと、ピッケルは前を向き、最初はゆっくり、そして次第にスピードを上げながら駆け出した。

やがて街道へと到着し、その上を走りながら思う。最初は、王都へと農作物を卸すために進んだ。

次は、ミネルバに会いに行くためだった。どちらも目的地は王都だった。今回は、その先がある。

父に『道』を探せと言われたからか、初めて走る道ではないにも拘らず、この街道はどこまでも続いているように感じた。その瞳は、果てしない先を見据えるように、真っ直ぐと、前に向けられていた。

——そしてその後ろの座席の二人は……。

「ちょっ……まっ……ピッケ……速……」

「……」

ピッケルの全力疾走。そのあまりの速さに、ミネルバは辛《かろ》うじて意識を繋《つな》ぎとめながら呟き、ガンツは恐怖から半分気を失っていた。

ただ、真っ直ぐと、前だけを見ていたピッケルがそれに気が付くには、暫《しば》しの時間を要した。


デスマウンテン、と呼ばれる山。その麓にあるヴォルス家から王都へは、通常、人の足で五日はかかる。

だが、ピッケルの常識外の速さと、ミネルバとガンツの忍耐力の甲斐あって、その日のうちに王都へ着いた。慣れれば爽快な景色の切り替わりが終わり、一行は王都へと入った。

「たった一年なのに、懐かしいわ」

ミネルバがそんな呟きを漏らす。街並みは一年ではほとんど変わらないが、しばらく離れていたことから、精神的に懐かしさを覚えた。

既に市場は閉まっているため、農作物の卸しは明日になる。

不意に、ピッケルがリヤカーを引くのをやめた。きょろきょろと周囲を見回している。

「どうしたの?」

「いや、視線を感じて……」

ミネルバも見回すが、確かに通行人が数人、こちらを興味深げに眺めているのが見えた。

「このリヤカーが珍しいんじゃない? こんな大きい物、普通なら引っ張れないのだし」

「そうなのかな? ……うん、そうだね」

その後も時おり周囲を見ながら、ピッケルたちは進んだ。既にミネルバが以前住んでいた場所は引き払っているので、宿を探さなければならない。しかし、【栄光】のギルド本部の鍵はミランが持っているため、施設は利用できないのだという。

初日から野営も如何《いかが》なものか、と考えていると、

「あー! ミネルバ、久しぶりー!」

ミネルバが振り向くと、一人の若い女性が手を振っていた。ミネルバの馴染みの宿屋兼酒場、【虎吼亭《ここうてい》】の店員のイリアだ。

「あら、久しぶりね!」

しばし、旧交を温めていると、イリアがピッケルを見た。

「あれが噂の旦那さん?」

「噂? は知らないけど、そうよ」

「へー。ドラゴンを投げ飛ばしちゃうような人って聞いてたから、どんな荒くれ者かと思ったけど、優しそうね」

「ええ、優しいし、最高の男よ……。少なくとも私にとっては」

「へぇぇ、あの男にお堅いミネルバ嬢が、そんなふうにのろけるようなこと言う日が来るなんて、ほんと、恋って人を変えてしまうのね、羨ましいわぁ。あ、今日の夜ご飯はまだ？　良かったらうちに来ない？　色々と話を聞きたいわ」

「いいわね、私もマスターの料理が久しぶりに食べたいわ」

女二人がかしましく話していると、ガンツは慌てたように話しかけてきた。

「あ、【虎吼亭】もいいけど、折角ならもっといい店にしないか？　俺がそこの支払いはするから……」

ガンツの言葉に、イリアは不服そうに反論した。

「何よガンツさん。うちは高級じゃなくても、味はどこにも負けてないんだけど？」

「それはそうなんだが……」

「それに彼、毎晩ちゃんと来てるわよ？　見に来た方がいいんじゃ……」

「よしわかった！　【虎吼亭】にしよう！　決定！」

まだまだ続きそうなイリアの言葉を遮って、ガンツが宣言した。

「あ、じゃあ良かったらイリアさん？　も座席に」

ピッケルが声を掛け、イリアも挨拶した。座席に乗ろうと一旦荷物を置こうとして、ピッケルはひょいと、イリアを抱き上げて乗せてしまった。

「ねえ、ピッケル？　私の断りもなしに、というより基本的には女性に気安く触れちゃ駄目よ？」

「そうなの？　わかった、気を付けるよ。イリアもごめん、失礼だったかな」

そんなやり取りもあったが、ピッケルは再びリヤカーを引き始めた。座席の上で、イリアはミネルバに耳打ちしてきた。

「ヤキモチ焼くなんて、本当に変わってしまったのね」

とからかうように囁くイリアに、ミネルバは顔を赤くした。


「はい到着。ここよ、ここ」

イリアの声を受けて、リヤカーを引っ張っていたピッケルが歩みを止めた。ミネルバの記憶と違わない、木造の建物がそこにあった。

一階は酒場になっており、様々な人物がそこにいた。雑多な空気に、懐かしさと、変わらない嬉しさを覚え、ミネルバは顔を綻ばせながらも「変わらないわねえ」と呆れたような声で言った。

「そうよ、変わらないわ。安心したでしょう？」

ピッケルは大きなリヤカーを店の裏庭に停《と》めるべく外へ出た。その間も、店を見ていたミネルバだったが、ふとあることに気が付いた。

「食事時にしてはお客が少ない？」

ミネルバの記憶によれば、この時間帯はほとんど満席になっていたはずだ。これも辺境の事変と関わりがあるそうだ。

すると、一人の客がミネルバに気が付いた。

「あっ、お嬢⁉　お嬢じゃないか⁉」

駆け寄ってきた青年は見知った顔だった。

「あら、フェイ。久しぶりね」

「あら、フェイ。久しぶりね……じゃねぇよ！　オレが依頼で王都を離れてる間に、勝手に結婚しちまって！　オレがどれだけお嬢のことを好きだったか知ってるだろう⁉」

フェイはミネルバと旧知の仲で、過去に熱烈なアプローチを掛けてきたこともある。当時のミネルバにとっては恋愛は関心事の外だったので、適当にあしらっていたのだが、それがいきなり結婚して去り、今また現れたのだから心中穏やかではないだろう。

「リヤカー停めてきたよ……どうしたの？　中に入らないの？」

ピッケルが戻ってくると、フェイは案の定食って掛かってきた。

「アンタか？　オレの大事なお嬢を連れ去った男は！　ちょっとドラゴンを追い返したくらいでいい気に……痛たたたっ⁉」

「俺の店で揉め事起こすなって決まりを守れねぇなら叩き出すぞ、フェイ」

大柄な男――この店の店主だ――がフェイの顔面を鷲掴みにして、フェイは軽々持ち上げられてしまった。足をバタつかせてもがくフェイに、ピッケルは不思議そうな視線を送る。

「親父は元気か？」

店主はピッケルをじっと見て、
と問いかけた。

「父をご存じなんですか？」

「ああ、よーく知っている。あの野郎のおかげで、俺は冒険者を引退させられてこの店をやることになったんだ」

「それは……父がご迷惑を掛けたようで、すみません」

ピッケルの謝罪に、店主はフンと鼻を鳴らして「怒っちゃいねえよ」と返した。

「でも、俺が息子だって何故わかったんですか？」

「見りゃあわかるよ。お前はアイツの若い頃そっくりだ」

店主は目を細めた。強面《こわもて》に隠れてはいるが、穏やかないい人であるらしい。


フェイはシーフであり、情報屋だと名乗った。シーフといっても盗賊というわけではなく、迷宮や遺跡の罠の解除や隠し扉の発見に長《た》けた人をそう呼ぶのだという。

彼の力も借りられるのではと思ったガンツが事情を話すと、運ばれてきた酒をちびちびと飲みながら、フェイは言った。

「そいつは【二矛】のヤンだな。オレなら絶対に関わらねえ。相手が【四盾】でもそうするけど」

かつてクワトロは、当時【二盾】と勝負を付けずに逃げ出したという。そんなクワトロと、今のピッケルのどちらが強いのかはわからないが、もし仮に当時のクワトロにピッケルが及ばない場合、ピッケルは一体どうするのだろうか……。そうミネルバが考えていると、厨房の奥から店主が声を掛けてきた。ミネルバの冒険者時代、こうして店の手伝いと引き換えに食事代を免除してくれていたのだ。今回も、無料で料理をご馳走するための方便として気を回したのだろう。

厨房へ向かったミネルバの後ろ姿を見送りながら、ガンツはフェイに話題を振った。

「お前、最近なんの仕事してるんだ？　情報屋なら、今は王都より東部じゃないのか？」

質問に対して「よくぞ聞いてくれました」と言わんばかりの笑みを浮かべ、フェイが答える。

「へへへ、ガンツさん。素人ならそう思うでしょうけど、オレみたいなプロは王都なんですよ。必要な情報集めはもう済ませましたが」

「どういうことだ？」

「んー……本当はタダで喋《しゃべ》っちゃ駄目なんですが、まあ、さっきの話が面白かったんで、サービスですよ？」

本人はバレていないと思っているのだろうが、フェイの「サービスですよ？」は話したくてしょうがないサインだ。粗暴な面もあるが、こういう人懐っこさが彼の魅力ともいえる。

「戦争になれば、一方だけが一方の情報を欲しがるわけじゃないってことですよ」

「……お前、王国の情報を辺境に売る気か？」

「もちろん、値段次第ですけどね」

「そんなのバレたらヤバいんじゃないか？」

「そりゃあそうですが、実際もっとヤバいことがあります。たとえばネタを売る相手が、聞く耳持たずオレを拘束しに掛かってくる、とかね」

「その時は知っていることを吐き出せばいいだろう」

「いやいやガンツさん。オレたち情報屋にとっては、情報は命と変わらないですよ。締め上げたら簡単に情報を吐き出す奴に、大事なこと教えますか？」

「教えないな、そりゃまあそうだな」

「そういうこと。つまりそうなっちまったら情報屋として死ぬか、マジで死ぬか、ってことにもなりかねないってことです」

今まで同じ冒険者とはいえ、情報屋とは仕事内容が畑違いのためあまり考えたことはなかったが、彼らは彼らなりに覚悟を持っている、ということだろう。

情報という目に見えないものを売る彼らは、相手に裏切られることも少なくない。冒険者と違い、依頼人そのものにも常に警戒しなければならない立場なのだ。

フェイがこんな話をするからには何か狙いがあるだろう、というガンツの読みは正しかった。

「お願いがあります」

と、フェイが身を乗り出してくる。

「オレも一緒に辺境に連れてってくれませんか？　自分で言うのもなんですが、結構役に立つと思いますよ」

「役に立つって？」

「オレの武器は情報ですよ。ガンツさんが会った【二矛】以外にも、厄介な奴がいると聞いています」

「誰だ？」

「おっと、これ以上はオレを同行させると約束してくれてからです」

フェイはピッケルをちらっと見た。

「荒事に関してはお嬢の旦那に任せますよ。ドラゴンを投げ飛ばせるような人なら、戦争の真っ只中でも平気でしょう」

フェイの言葉に、ピッケルは意外そうな表情を浮かべた。

「ドラゴンを投げ飛ばすくらい、簡単でしょう?」

「いや、簡単じゃないどころか、普通はできん」

ピッケルの非常識な発言を、すぐにガンツは否定した。


翌日。フェイは「東に行く準備をしてくる」と一旦帰宅した。あとで彼の加入を聞かされたミネルバも、フェイの情報収集能力は信用しているため、特に反対はしなかった。

残った一行は商業区画の中でも、高級店が立ち並ぶ場所へ向かった。丁寧に加工された石畳を、リヤカーはスムーズに進んでいく。立ち並ぶ上品な白い壁の店の中でも、特に大きな物の前で、ミネルバはリヤカーを停めさせた。

「おいおいお嬢、正気か?」

「失礼ね、もちろん正気よ。ここ、【ロイ商会】が目的地よ」

と、事もなげに告げた。

「ロイ商会? 有名なの?」

ピッケルの疑問に、ガンツは「有名も何も……」と言ってから、続けて説明を始めた。

「ロイ商会というのは、各都市や他国にも多数の支店を構える大陸屈指の商会だ。ここはその本店だな。王国での事業は、直営の商店もあるにはあるが、力を入れているのは主に卸売業だ。市場の商店に並ぶ品も、中には農民から直接買い取った物もあるだろうが、元をたどれば、ほとんどロイ商会経由で来ているはずだ。各地の大農家や荘園、租税として領主などが集めた農作物を、その資金力で大量に集積して、その下の問屋や商店に卸している」

「なるほど、お金いっぱいあるから、うちの農作物を高く買ってくれるかも、ってこと？」

ピッケルの言葉に、ガンツは難しい顔をして首を横に振った。

「そう簡単じゃない。奴らは大量仕入れで少しでも安く仕入れる、言うなれば買い叩きのプロだ。個人で卸すなら小規模な商店や個人とやり取りした方がいい。それ以前に、個人の売り込みなんてものが相手にされるとは思えない」

ガンツの説明に、ミネルバが同意した。

「元々は西に行く計画だったんだもの。東へ行くのは予算オーバーよ。普通に農作物を売っても、現実的な値段では旅はできない。ゆとりある資金稼ぎのため、駄目で元々でもいいから当たってみましょう！」

ミネルバはメロンを一つ持って、商会の中へ入っていった。

——と、意気込んだはいいものの、

「申し訳ございませんが、当商会は個人様からの買取業務は一切行っておりません」

と、半ば予想できていた答えが返ってきた。おそらく、ピッケル夫婦の格好から、よくいる貧乏な個人農家だと思ったのだろう。実際は二人の着る服は火吹き羊から採った毛で作られた、庶民には手の出ない高級品なのだが、受付嬢にそこまでの鑑定眼はなかった。

ミネルバは大きな権限を持った相手との交渉を望んでいるが、受付嬢は自らの業務と、そして彼らを通したところで評価されるわけではないという現実から判断し、取り次ぎを拒否している。

ここまではミネルバの予想通りである。

「個人の売り込みではありません」

「大変失礼しました。当商会と既にお取引いただいている方でしょうか？」

「いえ、新規の取引希望です。我々は冒険者ギルド【栄光】です」

正確にはミネルバはギルドメンバーではないが、とやかくツッコまれることはないだろう。ここでの肝は、黒龍を退けたピッケルの存在を知らしめることだ。すると受付嬢は、ある意味ミネルバの予想外の反応を見せた。

「冒険者……ギルドですか？　申し訳ございませんが、当商会は冒険者ギルドとは……えっ、待って、【栄光】？」

途中から言葉遣いを変化させ、受付嬢はミネルバとピッケルを交互に見たあと、ミネルバが手にするメロンを見て……。

「きゃあああああ！　も、もしかして、ピッケル様とミネルバ様!?　わ、私お二人の、大、いえ、超ファンなんですぅ～！」

ミネルバにとっても、それは意外な展開ではあったが、受付嬢は最初の印象と違い、どうやらチョロそうだった。

受付嬢は別の意味で手強かった。というのも、ピッケルの話はミネルバへの求婚も含めて広まっており、盛大に尾ひれの付いたそれを根掘り葉掘り聞こうとする受付嬢から逃れるのに、大変な苦労をしたのだ。

ミネルバたちのあとから来た客を、ほとんど用件も聞かずに追い返しながら、グイグイと迫ってくる受付嬢に恐怖を覚えていると、一人の老人がやってきて、受付嬢を叱りつけた。

「シャーリー、何をしておる。他の客に迷惑だろう」

「し、失礼しました！　こちら、【栄光】の方とのことで、つい興奮してしまって……」

「ほう、【栄光】の……？」

やや無遠慮な視線を向けてくる老人であったが、その目は不快なものは感じさせなかった。興味本位に見下しているわけではないというのが、雰囲気から伝わってくる。

「貴方は、会頭のロイ・ナヴォーレン様でしょうか」

ミネルバはあえて疑問形で聞いたが、もちろん知っている顔だ。ロイ商会を一代で築き上げた傑物で、黒竜撃退のパーティーにも参加していた。

「ああ、そうだ。といっても、商会にはたまに顔を出す程度で、実務はほとんど息子たちに任せておるが、な。会頭などと偉そうな肩書だが、半分隠居《いんきょ》した爺《じい》さんだよ」

茶目っ気たっぷりにウィンクをするロイだったが、その言葉を額面通りに受け取るほどミネルバは単純ではない。相手は王家や貴族相手にも影響のある大物なのだ。

「シャーリーが迷惑を掛けたようだな。良ければ、儂《わし》が話を聞こう。ちょうど午前中は予定がない」

ミネルバは、内心で快哉を上げていた。望んでいた展開の中でも最上、いやそれ以上の成果だ。

しかし、それまで無言であった秘書らしき男が顔をしかめた。

「会頭、スケジュールは午前中から目一杯入っております」

しかし、ロイは悪びれもせずこう答える。

「儂が予定がないと言ったのだから、そう調整するのがお前の役目だろう」

「ええ、そうでしょうとも。だからこそ、まずは予定を思い出してもらうのが一番楽な調整の方法だと思いまして」

「手を抜くでない。楽じゃない方法で調整しろ」

「畏《かしこ》まりました」

ロイの無茶ぶりなど珍しいことでもないのか、秘書は食い下がることもなく、あっさり引き下がった。

「よし、待たせたな。ではあちらで話を聞こう」

応接室へ向けて歩き出すロイの背を追いながら、ミネルバは次の展開について思考していた。

意外なほど飾り気のない応接室へ通されたあと、秘書の男は部屋を出ていった。ソファーに座ってみると、柔らかすぎない座り心地で、それが長時間の商談に向けた合理的な物だとすぐにわかった。テーブルも一枚板で作られた質の良い物であるし、部屋も大きな採光窓が設けられており、明るい。

徹底して実用重視の部屋に、商会の、無駄や虚飾《きょしょく》を省く合理主義を感じられる。

ミネルバは部屋の造り一つ、相手の表情一つから、相手の情報をなるべく多く拾い上げようと思考を巡らせた。自分は冷静になれている。そう、はっきりと感じて取れる。

「お忙しい中、ありがとうございます。貴重なお時間、ということで早速提案させていただきます」

余計な世間話や、挨拶は省く。こちらの話に興味を持っていない状態なら、それらも駆使するつもりだった。しかしミネルバの見たところ、ロイは既に『冒険者がなんの話を持ってきたのだ?』と、こちらの話を聞く態勢にある、と判断した。

「うむ、話は早い方がいい。こう見えて、儂は少々せっかちなのでね」

「はい。我々が今回買っていただきたいのはこちらです」

ミネルバはロイにメロンを差し出した。ロイが面白がるように眉を上げる。

「ふむ、これが噂の『恋愛成就《れんあいじょうじゅ》のメロン』か」

老人の言葉に、ミネルバは、

「恋愛に効果があるかどうかは、保証いたしかねますわ。私には、とても効きましたけど」

と答え、ふふふ、と笑みを浮かべた。昨晩虎吼亭で、からかい半分にイリアに言われた情報だ。

『恋愛成就のメロン』とは、ピッケルの告白の話に目を付けた商人が、メロンを『恋愛成就の果物』として売り出したところから始まった流行だ。王都では今、『男性が意中の女性にメロンを贈る』という妙な告白の方法が広まっているらしく、その本家であるミネルバは気恥ずかしさを覚えながらも、利用させてもらうことにした。

「保証がないなら、ただのメロン、ということになってしまうな?」

「もちろんただのメロンではありません。失礼ですがロイ様、今日は朝食は召し上がられましたか？」

「いや、まだ食べとらんよ。年のせいか、朝は食が進まなくてね」

「それは好都合です。よろしければ、こちらを朝食代わりに召し上がっていただけませんか？」

「ああ。メロンは好物だ、頂けるというなら、喜んで頂くよ」

「ありがとうございます。ガンツ、今朝渡した包みを」

「あ、ああ」

ミネルバはガンツから受け取った包みをテーブルの上に置き、それを広げた。

中から、メロンを切り分けるためのナイフとまな板、食べるための皿とスプーンが姿を見せた。

「では、切り分けさせていただきます。注意して切り分けますが、果汁がとても多いので、テーブルを汚したらごめんなさい」

「構わんよ、掃除すれば済むことだ」

ミネルバが手際よく切り分けたメロンの芳しい香りを、ロイは満足げに堪能した。

「ああ、この果汁、この香り……我慢ならん。早速頂くよ」

ロイがスプーンで果肉をすくい上げて口にすると、その顔が綻んだ。

「ふふ、これを贈られたら、女性はイチコロかもしれんな、いや、儂もだ。これほど旨いのは、数々のメロンを食してきた儂でも初めてじゃ」

「ありがとうございます」

ミネルバもまた、満足げな笑みを浮かべた。ここまでは、想定した通りの流れだった。

実のところ、ロイはこの会談の目的を既に終えていた。その目的とは、ピッケルとの縁を作ることだ。何も興味本位でセッティングさせたわけではなかった。

ロイの元に集まる情報は、他の追随を許さないほど膨大だ。そしてその情報網でもって、既にピッケルがクワトロの息子である疑惑も掴んでいた。仮にピッケルが、クワトロとシャルロット姫の息子であるならば、目の前の男が王になる可能性も十分にある。ならば知己《ちき》を得ておくのは間違いではない。

そんな打算的な考えでの会談であった。

ロイにはまだまだ野望がある。そのための投資となるなら、メロンを買うくらい安いものだ。

そして、これは意外なことだったが、持ち込まれた話、つまり、メロンにはそれなりに価値があった。先ほどの感想も、嘘偽りのない所感だ。もちろん、ロイ商会の普段の商いに比べれば、取るに足らない取引だ。本来であれば、ロイ本人が、わざわざ商談する価値はないだろう。

だが、ご機嫌取りのためとはいえ、利益度外視で赤字になるよりはよっぽどいい。それなりの値段を提示すれば、彼らも喜ぶだろう。こちらが商売相手として有用だと見做《な》せば、今後も彼らはここに自然と足を運ぶ。

このあとは、先ほどの秘書――ロイの三男だ――に、こっそり昼食の場をセッティングさせている。そこで、ピッケルが実際にクワトロとシャルロット姫の子かどうか、話を上手く誘導し、確認するつもりだ。人間、旨い食事や良い酒の前では、警戒心も揺らぐ。

メロンによって甘くなった口内を茶で洗い流し、ロイは告げた。

「ではそちらの希望は、このメロンの買い取り、ということでよろしいかな？」

――そんな、ロイの心境をまるで見透かしたかのように。

ピッケルの妻は、自信あり気に笑みを浮かべ、首を横に振りながらハッキリと答えた。

「いいえ。我々が買っていただきたいのは――メロンではありません」


売りに来たのはメロンではない、というミネルバの言葉に、ロイは怪訝そうな顔をした。

「メロンではない？　なら何故メロンを儂に食わせたのだ？　旨いメロンではあったから、時間の無駄とまでは言わんが……」

言いながらも、実際はいたずらに時間を使われた、という心の中に抱えた不満がありありと浮かぶような態度だ。

(大商人にしては、感情を隠さず表に出してくるのね)

ミネルバはロイの表情を見ながら、どこか他人事のような感想を持った。もっとも、ストレートに感情を表現するということは、腹芸を駆使するほどの相手と見做されてないだけなのかもしれない。もしくは、そう思わせるほどの腹芸を駆使しているか、だ。

どちらにしても、ロイがミネルバに対して見せたのは、常識的で、当然とも言える――やや抗議めいた反応だ。当然の反応――つまり思惑通りの反応でもある。ミネルバは内心でほくそ笑みながら、真剣な表情で理由を語り始めた。

「疑問はもっともです。ただ、ご安心ください、無駄にお時間を頂いたわけではありません。私どもが売りたい物を理解していただくために、欠かせない手順だったのです」

「理解のための手順？」

「左様です」

「ほう。では、今までのやり取りは本番の前準備、ということか。ずいぶん手の込んだことだな」

小娘が小賢《こざか》しい真似を、とでも思っているのかもしれない。皮肉げな笑みを浮かべ、ロイがカップを持ち上げ、口を付けようとして――すぐに卓上へと戻した。

「それでは、その売りたい物とやらを教えてもらおう。だがその前に」

ロイは自らの前に置かれたカップを指さした。先ほど茶を飲もうとして、空になっていたことに気が付いたのだろう。

「茶がなくなったな、そちらは？」

「ありがとうございます、でも、お構いなく。我々の分はまだありますわ」

「ふむ、では少し失礼するよ。甘い物を食べると、どうしても喉が渇いてね」

ちょっとしたイヤミなのか、単なる事実なのか判断しづらい内容を口にして、ロイは立ち上がり、一度退室した。バタンと扉が閉まる音が聞こえるや否や、ガンツはその音に紛れるような小声で、ミネルバに質問した。

「おい、お嬢、どういうことだ？　他に売り物なんてないだろ？」

「ふふ、そうかしら？」

「それにあの爺さん、結構イライラしてないか？　話を打ち切って『帰れ！』とか言われかねないんじゃないか？」

「大丈夫よ。あの様子だと、相手から話を打ち切ることはないわ」

自信を持って言い切るミネルバに、ガンツは困惑しっぱなしであった。

「しかし、メロンの売り方を考えなきゃならんのだろう？」

「違いますよ、ガンツさん。ミネルバは、メロンを使った資金稼ぎの方法を考えているんです」

「同じことだろう？」

「ちょっと違うんです。俺はミネルバの売りたい物がなんとなくわかってきました。それはガンツさんたちも売ろうとして、フェイも売ろうとした物です。この商会は農作物の取り扱いも多いし、きっと高く……」

「シッ！　戻ってきたわ」

ガンツの疑問にピッケルが答えようとしていると、ミネルバが制止した。直後に、秘書を伴いロイが入室してきた。

「待たせたな、それでは続きを聞こう。売り物は結局のところ、なんなのだ？」

ロイの持ち上げたカップに秘書が直接茶を注ぎ、ロイはそのまま口を付けた。マナーとしては褒められたものではないが、せっかちを自称するだけあって茶の飲み方も合理主義なのだろう。

「はい、今から説明します。まず、このメロン、美味しいと感じた理由はなんでしょうか？」

「ふむ。メロン自体の質はもちろんだが、熟し方、そして冷え具合も良かった」

「ありがとうございます。私どもが売りたいのは、まさにそれなのです」

ロイが顔に疑問を浮かべたのを見て、ミネルバはピッケルへ視線を移した。

「このメロンの味わいの秘訣は、ピッケルから解説させていただきます」

一瞬困惑したピッケルであったが、軽く咳払いをして解説を始める。

「このメロンは、マスカレードメロンという品種です。マスカレードメロンは、収穫から一週間程度で熟す他のメロンと違い、収穫から三、四日ほどで熟し、食べ頃となります。熟す前に冷やしては駄目です。冷やすのは、熟したあとが良いです。この順番は、どのメロンもあまり変わりません。一度熟す前に冷やしてしまうと、その後冷やすのをやめて、常温で放置しても甘味が出ません。甘味が出るまでは常温で、熟したあとで冷やす。この順番が大事です。冷やしてから三日ほどが食べ頃で、それを過ぎると低温でも腐敗が始まってしまい、食べるのに向かなくなります。つまり収穫してから約七日間が、マスカレードメロンを食べる期限ともいえます」

専門的に言えば『追熟《ついじゅく》』という工程だ。ロイももちろんそれは知っていた。ピッケルの説明を引き継ぐ形で、ミネルバが話し始める。

「しかし、今日お持ちしたメロンは、収穫からそれ以上経過しています。しかも、冷やしたあと、常温で約三日は放置されています」

「……？　どういうことだ？　メロンは確かに冷えていたが……それに冷えてても腐敗が始まるのだ、常温なら、さらに早く食べられなくなるだろう？」

不思議そうな声を出すロイは、明らかに焦《じ》れている。早く答えが知りたくて堪らないという風に。

それを見て、ミネルバは笑みを浮かべた。

「このメロン、熟し終えてから、冷やしたのは五日前。そこからは常温で放置していた……つまり」

『売り物』をより印象的にするため、ミネルバは一呼吸置く。これはアスナスのテクニックだ。

「私どもが売りたいのは、食材を劣化させず長期保存し、なおかつ温度管理する魔法に関しての情報です」

そう、これこそが、ミネルバの『売り物』であった。

ガンツに聞いた辺境での出来事と、フェイの情報屋としての仕事が、ミネルバに気づきを与えたのだ。そして情報は、より活かせる者ほど高値で買おうとする。今回売ろうとしている情報は、ロイ商会にとっては喉から手が出るほど欲する情報だと考えたのだ。

よほど衝撃的だったのか、ロイは呻《うめ》いた。

「私の義母が開発した魔法、『時間経過遅延』の魔法を使えば、食材を最適な状態で出荷、運搬できます。どれほど有用な魔法か、会頭であればご理解いただけますよね？」

ロイはミネルバの話を心中で検討していた。食材の劣化を長期間防げるなど、夢のような話だ。しかし、そんな方法が存在するか、その真偽も定かではない。

もしも真実だったとすれば、商売だけでなく、戦争のやり方すら覆してしまう画期的な情報だ。

そして何より、ロイが驚いたのは、その魔法を最も有効利用できるのが、このロイ商会であると気が付いて売り込んできたミネルバの手法だ。

凡人ではこの財宝を、精々自分と周囲で便利に使うだけだろうが、自分たちの商会であれば世界の常識を変え得る活用ができる。

もしここで真偽の判断を誤れば、どんな損失があるかわからない。

ゴクリ、と必要以上に喉を鳴らし、ロイは先ほど注がれたばかりの、まだ熱い茶を一息で飲み干した。

（ははー、流石だな）

ミネルバとロイのやりとりを観察しながら、ガンツは心の中で感嘆の声を上げていた。

彼女が冒険者ギルド【鳶鷹】のマスターとして活動し、新興のギルドを、王都でも一目置かれる存在にした原動力が、冒険者たちの勧誘だった。多くのギルドから多数の冒険者を引き抜いたため、彼女に反感を持つ者——当たり前だが、引き抜かれた側のギルドの関係者だ——も、少なくなかった。しかし、それは【鳶鷹】の待遇の良さをきちんと相手に伝えられる、彼女の交渉力の高さの証左だ。

表立って批判すれば、「なら待遇を上げろ」と反論され、批判した側が恥をかく。

実際、【栄光】から【鳶鷹】に移った冒険者も一人二人ではない。【栄光】の衰退の原因の一つであるともいえた。

彼女の交渉は、口で相手を丸め込むようなミランのやり方と違い、丁寧に相手に提案を伝えるための、きちんとした筋道がある。結果、今回ロイ商会に突きつけた選択肢は、強力だ。

むしろ、その存在を事前に聞いていたにも拘らず、「へぇ、そんな便利な魔法があるんだな」程度の認識だった己の不明を恥じ入るほどの内容ではある。

しかし、それでも、自分程度の人間でさえ、いくつかの問題点を指摘できた。

まず、その魔法の実存をどう証明するのか。まさか、「ではいくつかサンプルを置いていくので、半年後またお会いしましょう」とはいかないだろう。ミラン救出の資金は直近で必要だ。

そして、そんなことはミネルバは重々承知しているはず。その辺りの課題をどうクリアにするのか。ガンツは澄ました顔を維持しながら、事態の推移を静観する。

茶を飲み干したロイが、カップをテーブルに置くのを見守ってから——まるで、話を老人が呑み込むのを待っていたように、ミネルバが続けた。

「現状、この魔法をお教えして、すぐに商会で運用していただくということはできません。いくつかの手順が必要で、そのためにご協力いただきたい、というのが今日のご提案です」

「協力？　もちろん、本当にそのような魔法があるのなら、できる限りの協力は惜しまないが……さしあたって、何をすればいいのだ？」

これも上手いやり方だ。ミネルバとロイ、二人のやり取りを聞きながら、ガンツはさらに感心した。いきなり金を払って魔法を買え、と言われても、当然相手も慎重にならざるを得ない。少なくとも魔法がキチンと効力を発揮するかどうか、ある程度の確認を求めるだろう。特にそれが強力な力を持てば持つほど、対価も大きくなるからだ。

ただ、協力であれば——当然その内容によるが——自然、少しハードルは下がる。

ミネルバは、最終的なゴールである魔法の伝授、その前段階に、一度中継点を設けようとした、と取れる。

それはロイも感じているのだろう、先ほどより少し拍子抜けしたように——良く言えば、肩の力が抜けたように見えた。

「はい、実はこの魔法、おいそれと使える魔法ではありません。高難易度の魔法で、使えるのは、現在義母に限られます。そうよね？　ピッケル」

「あ、うん。母は、開発したのは母です。たぶん、父や俺も習えば使えると思うのですが、母は教えてくれません。母は、父や俺が魔法を使用するのを嫌がります」

「何故だ？」

ロイの疑問に、ピッケルは母の口調を真似ながら、笑顔で答えた。

『あなたたちが、なんでもかんでもやってしまったら、私やることがなくなってしまいますわ』

と。だから、うちでは魔法関係はできるだけ母に任せてます」

「ふふ、そうか」

ロイも、そして後ろの秘書も少し笑みを浮かべた。少し前に存在した緊張が、緩和されたようだ。

いい傾向だ。

ミネルバが説明を引き継いだ。

「義母だけでなく、ピッケルも義父も、普段はあまり魔法を使わないといっても、普通の実力ではありません。あくまで、この魔法を、彼らのような魔法の達人ではなく、一般の魔法使いでも、ある程度使えるようにしなければいけません」

そう。そこも懸念だった。使える者があまりに限られるなら、ないも同然だからだ。

「しかし、わざわざ来たからには、それを可能にする目処がある、ということだろう？」

ロイの問いに、ミネルバが頷く。

「我々は、それが可能な人物に、心当たりがあります」

「ほう、そんな人物が？」

「はい。しかし現在接触できません」

「何故だ？」

「現在の東部の事情はご存じですよね？　その人物は東部で騒乱に巻き込まれ、識王軍に拘束されているのです。ご協力いただきたいのは、その人物の救出です」

「協力といっても……我々に戦地での救助活動など、できるわけがない」

「実働は、当然我々です。単純に、資金的なバックアップをしていただきたいのです。対価は、先ほどの魔法が実用化した場合の、交渉の優先権です」

おいおい、まさか。と、ガンツが心の中で慌てていると、ミネルバはチラッとこちらを見た。

何故このタイミングで？　という疑問が浮かぶが、すぐに答えはわかった。そう来たか、という思いと、してやられた、という気持ちが半々といったところの複雑な感情でミネルバを見る。

「そして救助したいのは――王立魔法学院始まって以来の天才と呼ばれた人物。選ばれた者しか使用できなかった魔法を、広く大衆に広めた偉人『ニルーマ』の再来と呼ばれた男……我らが【栄光】の、有能なギルドマスター、ミランです」


その後、話し合いはスムーズに進んだ。

魔法の効力の確認のためにメロンを二つ手渡し、ロイ商会からの資金援助として三千ゴートを受け取ったピッケルたちは、商会をあとにしていた。

ロイからは残ったメロンも全て高値で買い取ると提案されたのだが、それはピッケルが固辞した。

『俺、メロンを高く売りたくないんです。高価な果物だとはわかっています。でも、買える人が限られたり、高いからとありがたがられたり、そうじゃなくて、普通の人がちょっと頑張って買って、美味しいと思ってもらえたら、それが嬉しいんです』

というのがピッケルの言であった。

その言葉にミネルバは、『時間経過遅延』の魔法も含めて、全てはヴォルス家が人々に美味しい物を食べてもらいたいと願う思いやりの産物なのだと気が付いた。ピッケルに事前の相談もなく、勝手に売り物にしてしまったことをミネルバは恥じたが、きっと彼らはその魔法で世の中が良くなるのであれば、「勝手なことを」と怒ることはないだろう、と確信していた。

「んじゃ、このあとはこれを卸しに行くのか？」

ロイ商会からの帰路。ピッケルの引く【走快リヤカー】の座席に座ったガンツが、横に座るミネルバに尋ねた。ガンツの言葉に、ミネルバは首を振った。

「ううん、その予定は中止ね」

「何故だ？　確かに三千もあれば資金は十分だが、金はいくらあっても困らないだろ？」

「うん、だから中止」

「だからってのがよくわからんが……じゃあ、これどうするんだ？」

座席の後ろに大量に積まれた農作物を指さしながら聞いてくるガンツに、ミネルバは答えた。

「思い出してみて、ガンツ。あなたとミラン、エンダムに着いた時、何を考えたって言ってたっけ？」

「エンダムで？」

ミネルバの質問に、ガンツは辺境との境であるエンダムに滞在中のことを思い出しながら、考えを巡らせたあと、「あっ」と声を上げた。

「そうか、東部で卸せばいいのか！　それなら王都で卸すより、高値が付く！」

「そういうこと。それにさっさと気が付いていたら、ロイ商会に行く必要もなかったかもね」

王都で農作物を卸す、という予定に思考が縛られ、柔軟性が失われていたのは、ミネルバにとって大きな反省点だった。物価が倍になっているから単純に倍で卸せる、というわけにはもちろんいかないだろうが、それでも目標金額を超える可能性は高い。そうミネルバは考えつつ、肩を竦めながら返事をした。

「けれど、【栄光】にとって今回の件は、上手くいけばお金も人脈も得るチャンスよ？　もしそうなったら感謝してよね？」

胸を張るようにして手柄を自慢するミネルバに、ガンツは頷いた。

「ああ、そのために二本ほど、紐《ひも》でも用意するかな」

「紐？」

「まず一本目は、ウチのマスターが、『デスマウンテン』と聞いて、ピッケルの母親に魔法を習いに行くのを渋った時に、首にくくって引っ張るための紐だ」

「ふふ、もう一本はわかったわ、財布の紐、でしょ？」

「その通りだ！　いくら大金を得ても、右から左じゃ意味がない！」

「頼むわよ、そもそも無駄遣いしてなきゃ、辺境にも行ってなかったかもしれないんだから。それに今回の商談は、ピッケルのためにもなりそうだし、良かったわ」

「ピッケルのため？」

「そうよ。あなた、私が『会頭は話を打ち切ることなんてしない』って言った時、不思議がってたでしょ？　それにはピッケルが関わってくるの。会頭はね、恐らくピッケルの両親、つまり、彼の出自を意識していたわ」

ミネルバは【虎吼亭】の主人が、初対面のピッケルをクワトロの子だと指摘したことによって、一つの気づきを得た。若い頃のクワトロをよく知る人物がピッケルを見れば、出自はすぐにバレる、ということだ。確かに、ピッケルとクワトロは並べてみれば、すぐに親子だとわかるほど似ている。その上、若い頃のクワトロはピッケルに瓜二つだとのことだ。ならば、アスナスがピッケルの情報から『ヴォルス』の家名は削除したとはいえ、既に王都ではピッケルのことを『クワトロの子』と見抜いている者も少なからずいるのだろう。黒竜撃退の祝賀会で、その姿を目にした者も多いからだ。

そして、当初ミネルバと話していたロイも、折に触れピッケルを観察していた、というのはその視線からわかった。

もちろん、似ているというだけでは、それは証拠ではない。ピッケルが認めない限り、決定的な証拠とはならないだろう。

だが、ピッケルのことだ、両親の名を問われれば「父はクワトロ、母はシャルロットです」とあっさり答えかねない。

それもあって、ロイの昼食の誘いは断った。ロイ商会としては現在、少なくとも『時間経過遅延』の魔法の件が済むまでは、これを追及し、ましてや公にしようと画策することはないだろう。ピッケルが変な騒動に巻き込まれれば、話自体が立ち消えになる可能性もある。むしろ、それまでは噂の広がりを抑える側に回ってくれるかもしれない。

とにかく今はミランの救出、そして、そのあとのブルードラゴン探しが重要で、他に構う余裕などないのだ。

「だからピッケル、今はできるだけご両親のことは公にしない方がいいと思うわ」

「うん、わかった。俺自身はともかく、二人にはあそこで静かに暮らしてほしいからね」

この一年、ミネルバはピッケルに対して、置かれた環境や出自の特殊さ、そして彼の強さが他者とは隔絶していることを伝え続けた。ピッケルも、今では自分が少し特殊だ、という自覚はあるようだ。ミネルバの仮説と、夫婦のやり取りをフムフムと聞きながら、ガンツは聞いた。

「んじゃ、今日はこれからどうするんだ？　明日まで【虎吼亭】か？」

「んー。せっかくだから【鳶鷹】にも顔を出したいし、どうしようかしら」

二人が今後の相談をしていると、ピッケルが振り向いた。

「あ、アスナスさんの所は？　父さんが顔を出しとけって言ってたけど」

ピッケルの言葉に、ミネルバは少し顔をしかめた。

「アスナス様かぁ……あの人、私ちょっと苦手なのよね」

「え、なんで？　いい人だよ？　俺色々助けてもらったし……」

「そうなんだけど……私も凄くお世話になってるんだけど」

実際、アスナスには足を向けて寝られないほど世話になっている。現役時代、ミネルバが冒険者ギルド【鳶鷹】を設立するにあたって、物心両面で支えてもらったし、アスナスの交渉技術を傍で見て、大いに学ばせてもらった。ミネルバの交渉の師匠、と言ってもいい。

ただ、だからこその懸念があった。

「厄介事を押し付けるのが上手いのよねぇ……」

東部の騒乱は、アスナスにとっても頭痛の種だろう。であれば、その解決のため、ピッケルの住まいにガンツを向かわせたのも納得がいく。普段であれば「ついでに」と差し障りない範囲の依頼を受けていたかもしれないが、騒乱を鎮めたあとはブルードラゴンのところへ行かなければならないのだ。当然だがそれをアスナスは知らない。

「考えすぎじゃないかな？」

ピッケルの呑気な言葉に、ミネルバは嫌な予感を覚えながらも頷いた。


一行はリヤカーを停め、乗合馬車を使ってアスナスへ会いに行くことにした。初めての馬車を物珍しそうに見回すピッケルに、仕組みを説明してやっていると、不意にピッケルがミネルバの腰に手を回した。

そこで、ミネルバは「もう、街中で情熱的ね」などとは思わず、異変を察知しピッケルにしがみついた。

ピッケルは反対側のガンツも抱き寄せ、屋根と荷台の間をすり抜けるように後ろへ跳ぶ。

「えっ？」

ガンツが戸惑いの声を上げた直後、
ドォォォォォンッ!!

と、凄まじい爆音と共に、ついさっきまで三人が座っていた場所が粉々に破壊された。下にある石畳も一緒に破壊され、あとには部品だけが転がっている。

粉塵《ふんじん》の中に御者《ぎょしゃ》の悲鳴が聞こえる。ピッケルはそれを助けに行こうとはせず、二人から手を放して両手を頭の前方に構えた。

ビュンッ、と風を切る音のあと、

バチィィィンッ!!

と皮膚を叩いたような、しかし信じられないほど大音量の音が街に響き渡った。

ピッケルが握っていた手を開くと、ゴトン、と鉄球が転がった。さらにその後も同じ音が二度続く。粉塵の中、ミネルバとガンツは、ピッケルが計三つの鉄球を受け止めたのを見た。

急にハッとしたピッケルが駆け出す。ミネルバがその背中を目で追うと、馬が馬車の残骸《ざんがい》を引きずって恐慌状態で暴走を始めていた。誰かにぶつかれば重傷を負わせてしまうだろう。

ピッケルはすぐさま走って追いつき、未だ御者の座る御者台を足場に跳んで、馬の前に立ちはだかった。二頭の馬はさらに驚いて棹立《さおだ》ちし、前足を振り下ろしてくる。それをピッケルはすり抜けるように避けて、慣性で進む馬車の残骸を左腕一本で停めた。

「わっ、わわわっ!?」

急停止によって車体から投げ出された御者を右腕で受け止め、御者台にそっと座らせる。そして手放された手綱で馬を引っ張って止め、しばらくして落ち着きが取り戻されたのを確認して、馬の首を「どうどう」と慰撫《いぶ》した。

「あ、ありがとう、ございます」

呆気に取られていた御者が、ややあって絞り出すように礼を言うと、ピッケルは笑顔で頷きながら再び手綱を御者に握らせてやった。

ピッケルはミネルバの元へ戻ってくるや否や、

「二人はアスナスさんの所へ。俺はこれを投げてきた奴を追いかけるから、終わったら【虎吼亭】の前で落ち合おう」

とだけ言い、一瞬で姿を消したように移動した。

「……さ、行きましょうか」

目の前であれだけのことが起こっていながら平然と歩き出すミネルバを、ガンツは慌てて追いかけた。

「ピッケルはともかく……お嬢も落ち着きすぎだな」

「この程度で慌てていたら、ヴォルス家の嫁は務まらないわ」

事もなげに言い放ったミネルバに、ガンツは唖然《あぜん》としながらも、先を急ぐのであった。


『相手と自分、どちらが強いか……なんて比較は、無意味で危険だ』

尊敬する父、クワトロの教えはたいていが単純明快で、だからこそ複雑だった。

特に、何もわからない子供の頃はそうだった。『そうすべきだ』という話はするが、『何故そうなのか』という理由は、ほとんど語らない。そんな父に、不満を覚えたこともあった。

自分で考え、体験し、気づきを得ることを重視していたのではないか――と、今にしてみればピッケルは理解ができていた。

クワトロの教えが身に染みた出来事があった。まだピッケルが十歳の頃、剣ウサギという肉食のウサギを、母のために狩ろうと思った時があった。剣ウサギは熊ほどの大きさで鋭い前歯を持ち、獰猛《どうもう》ではあるが、十歳のピッケルよりもはるかに弱かったからだ。

一匹の剣ウサギを見つけたピッケルだったが、相手は何故か襲ってくることなく逃げ出した。とはいえ動きの鈍い剣ウサギならすぐに捕まえられる、と思っていたのだが、予想以上の逃げ足の速さに、ピッケルはいつの間にか、父に固く禁じられていた山の奥深くまで入り込んでしまっていた。

剣ウサギを岩場に追い詰めた、と思ったピッケルは、剣ウサギの皮がずるり、と剥がれたことで、それが剣ウサギなどではなく、狩った獲物の皮を被って擬態する『皮剥《は》ぎ狼』だと気が付いた。皮剥ぎ狼は狡猾《こうかつ》で、自身の縄張りに誘い込んでから集団で狩りをする。この個体も、遠吠《ぼ》えによって二十四もの仲間を呼んだ。

狼は、ピッケルの見た目に騙されることなく、その内にある強さを見抜いて全力で狩りに来たのだ。結局、全て倒す頃にはピッケルは満身創痍《まんしんそうい》となっていた。

その体験で、ようやくピッケルは父の言葉を学んだ。

今、追跡している相手は『皮剥ぎ狼』に似ている。奇襲が失敗してもわざと付かず離れず、ピッケルを狩場に誘うように逃げている。きっと、王都に着いてすぐに感じた視線の主だろう。

ピッケルは自身の強さには自信がある。そのピッケルをして、相手はかなり強敵だとわかった。王都の外、街道から少し離れた、人けのない平原で相手は立ち止まった。ここが、用意した狩場、ということだろう。

相手はピッケルに対して強さを隠そうとしていたが、何も考えずに剣ウサギを追いかけていた昔とは違う。これからも、こちらを言いくるめるような言葉にはまだまだ騙されるかもしれないが——表面に被った皮に騙されず、相手の強さを見抜くのは、散々練習した、もう得意技だ。

クワトロの教えと、自らの経験。その二つから、相手が自分より『強いかどうか』は比べたりしない。ただ、今まで多くの害虫と接してきた経験から、『強い生物』かどうかは、たとえ初めて遭遇した相手であれ、すぐに肌で感じることができる。

例えば虎吼亭の主人は、かなり強い。彼は、別に強さを隠そうとはしていなかった。一目で、「この人は強い」と確信できた。

だがそれでも——恐らくピッケル一行が、イリアと道で会ったのを見たことで、自分たちの目的地を察し、先回りしていた男が——主人に、一方的に頭を掴まれて持ち上げられるような、弱い相手には見えなかった。何故、弱いふりをするのか。そして、何故それを続けるのか。

ミネルバとガンツと親交があるため、深く追求することはしなかった。けれど今は、改めてはっきりと聞いた。

「ドラゴンを投げ飛ばすなんて、簡単だろ——フェイ、君なら」

離れて対峙《たいじ》し、両手のひらの上で鉄球を放り上げて弄《もてあそ》んでいたフェイが、虎吼亭での質問を思い出したのか、笑みを返した。皮肉にもあの時と同じ、人懐っこさを感じる笑みだ。

質問の肯定を意味するのだろう、声に出しての返事ではなかったが、ピッケルは自分が正しいことを確信し、本題に入る。

「で、君は……本当は何者なんだ？」

続けざまのピッケルの質問に、フェイは鉄球遊びをやめ、少し困ったような表情を浮かべて答えてきた。

「何者って言われてもなぁ……別に『情報屋』のフェイも、『シーフ』のフェイも偽者ってわけじゃないんだけどな。まぁだけど、あえて肩書を増やすなら……」

フェイは、右手に持った鉄球を再び――それまでより高く上に投げたあと――パンッという小気味よい音と共に掴み取りながら言った。

「【四矛四盾】が【二盾】、フェイだ。よろしくな、ピッケル。まあ、長い付き合いになるかは、知らねえけどよ」

擬態していた狼が皮を脱ぐように、名乗りを上げたフェイが、獰猛な笑みを浮かべた。

収穫作業もひと段落したヴォルス家で、クワトロはシャルロットと共に、やや遅めの朝食を摂っていた。シャルロットは好物であるはずの剣ウサギの燻製《くんせい》肉を、ナイフとフォークを使って、皿の上で細かくする作業に没頭し、いつまで経っても口に運ぶ様子はなかった。いくら彼女が大口を開けることなく上品に食事をするといっても、そこまで細かくする必要はないだろう、とクワトロは思った。

もちろん本当の理由はわかっている、彼女が考え事をする時の癖だ。ただ、心ここにあらずといった様子でも、食器とカトラリーがほとんど音を立てないのには、毎回感心してしまう。

「……あまり食事が進んでいないようだな？　考え事か？」

わかりきったことをあえて尋ねる。そうしなければ、いつまで経っても食事が終わらないからだ。

食事を口に入れさせるには、言葉を口から出させる必要があることは過去の経験でわかっている。

クワトロの指摘に、妻はフォークとナイフをテーブルの上に置いて、肉を細かく切り刻む作業の手を止めた。

「ピッケル、大丈夫かしら……」

心配そうに呟く彼女を見て、考える。ピッケルは昔、剣ウサギを狩るつもりが皮剥ぎ狼に遭い、その結果ひどい傷を負ったことがある。彼女は朝食のメニューでその時のことを思い出したのかもしれない。今日、朝食の調理をしたのはクワトロだ。

妻は息子を送り出したばかりで寂しい思いをしているかもしれないと考え、好物である剣ウサギの肉を用意したのだが、メニュー選択を誤ったかもしれない。

「心配いらないさ」

努めて明るく答えながら、クワトロは自身もフォークとナイフをテーブルに置いたあと、彼女の手に触れた。クワトロの手に、さらに手を重ねるようにしながらシャルロットが心配事を語り始めた。

「もちろんピッケルはもう子供ではありませんし、日々の害虫との戦いを見ても、あの子が戦いにおいて誰かに……ううん、どんな生物が相手でも遅れを取るとは思えません。でも、【四矛四盾】って、あなたでさえ逃げ出したような相手だって聞いていますから……」

なるほど、そのことか。クワトロは当時の【二盾】について思い出しながら、心配ないことを伝えることにした。もちろん、全てを話すつもりはないが。つもりがないというよりも、話すわけにはいかない、が正しいかもしれない。朝から難儀なことだ、と思いながらクワトロは話し始めた。

「逃げたといっても、別に俺の方が弱いから逃げたわけじゃない。戦えない理由があった、それだけだ。そんなに気に病む必要はない」

「そうなのですか？　でも戦えない理由って……？」

「色々あったんだ、色々と、な」

答えながら、クワトロは二十年前の出来事に思いを馳せた。

当時の【四矛四盾】で【二盾】だったのは、リーフィアという女だった。いい女だった。黒い艶やかな髪と、切れ長の目をした美女だった。シャルロットとどちらが美人か？　と聞かれれば悩む。それぞれに違いがあり、それぞれに良さがある。それほど魅力的な女性だった。

当時のクワトロは、いい女だと感じた相手に対しての行動は一貫していた。当初こそクワトロに対してお互いの立場から、警戒心を剥《む》き出しにするわ、拳は振るうわで大変だったが、やがてクワトロの地道なアプローチは功を奏し、二人は恋仲となった。

そして、しばらく共に過ごした。半年ほどして気が付けば、『いつ結婚するんだ？』という雰囲気になっていた。雰囲気だけでなく、リーフィアから何度も催促された気もするが。

まだ身を固める気などさらさらなかったクワトロは、夜中にこっそり逃げ出した。リーフィアは気性の激しい女性で、クワトロが逃げたことに激怒し、結婚を迫られながら大陸中追いかけ回された。クワトロを発見するや否やリーフィアは怒り狂って暴れるので、街に被害が出ることも珍しくなかった。

仮に戦えば、もちろん自分が勝っただろう。だが、そんなことは問題ではなかった。自分の無責任さが招いたことであり、あたりまえだが、戦うことなんてできるわけもなく。そんな生活をさらに半年ほど続けた頃、事態は急速に解決へと向かった。リーフィアの興味が、他の男へと移ったのだ。クワトロはほっと胸を撫でおろしたのであった。——ちょっと、寂しい気もしたが。

彼はこのことからピッケルに「強さなんて比べてもしょうがない」と教えている。我ながら情けないエピソードなので、理由までは説明しないが。

アスナスは上手くぼかしてシャルロットに話したのだろうが、それ自体が余計なことだ。今度会ったら堅守卿の地位を剥奪《はくだつ》してやる、とクワトロは歯噛みした。

（にしても、いい女だったよなぁ）

当時のリーフィア、その美しさを、当然だが表情には出さないようにしながらクワトロが脳裏に浮かべていると、シャルロットが突然、パッと手を引っ込めた。

「ん？　どうした」

「いいえ、何か、あなたの手から……不愉快な波動が伝わってきたもので」

「ふ、不愉快な波動!?」

じろりと睨みつけるような、呆れたような表情を浮かべるシャルロットに、クワトロは考えるのも駄目なことを理解して後悔した。

「大丈夫。俺たちの息子は、俺のような目には遭わないさ。ミネルバという頼りになる嫁もいるしな」

不愉快な波動とやらをごまかそうと努めて真面目な表情を出したが、シャルロットはやや目を細めたあと、視線を逸らし、肉をパクパクと食べ始めた。

「そうね、あの子はあなたとは全然違いますわよね！　心配する必要、ありませんわよね！」

「……」

どうやら他の女のことを考えてしまったのはお見通しであるらしかった。怒りで食欲を回復させたシャルロットを見ながら、クワトロは、

（な、ピッケル。強さなんかで解決できないものはたくさんあるんだ。特に、男と女はな）

そう、遠い空の下のピッケルに語りかけた。


フェイは、ピッケルと対峙した際、大声で笑い出しそうなのを堪えるのに必死だった。

ドラゴンを投げ飛ばすことなんて簡単だろ、と事もなげに言い放つピッケルに、思わず「簡単なわけないだろ！」とツッコミを入れそうになったのだ。

フェイたち【四矛四盾】は常人とは隔絶した強さを誇る。瞬間的な力であればドラゴンと同等になることも可能だ。

地を揺らし、城壁を穿《うが》ち、城を崩し、大軍を相手に数人で勝利を収める、武人集団【仙家《せんけ》】を代表する八傑《けっ》。

だが、【四矛四盾】がいくら黒竜でさえ殺すことが可能だ、といっても、それはたとえるなら、力を持たない細身の少女が刃物の技術を駆使し、力自慢の大男を倒す方法を探し出すために、試行

錯誤を重ねるのに似ている。

力任せに投げ飛ばして、有無を言わさずねじ伏せるようなものではない。そもそもドラゴン同士が戦ったとしても、それは投げ飛ばして終わるような決着ではない。重心を考えても投げ飛ばすことなど不可能だ。

だからこそ、力任せに投げ飛ばして決着させた、ピッケルの異様な力にフェイは心を奪われた。

なんらかの『理』が存在するのだとも思っていたが、仮にそれが、本当に単なる力任せなのであれば……。そんなことができる者は、果たして存在するのだろうか？

心当たりならあった。だが、確証はない。

逆に正体を問いたかったが、恐らくこの男は自覚していないだろう、それは昨日のやり取りでなんとなく想像がついている。だが、何者であれ辺境に行かせるわけにはいかない。

それがたとえ、【四矛四盾】が使用する武術の源流であり、【四矛四盾】が修行を通して目指すべき存在だとしても。

いや、その可能性があるからこそ、こうしてここに誘い込んだのだ。

【聖仙《せいせん》】とも【神人《しんじん》】とも呼ばれる、伝説の存在。目の前にいる人物は、自分の目指す到達点かもしれない。

破壊と創造の神、ストルクアーレ。ストルクアーレを討ったと伝わる、戦女神《いくさめがみ》ルイージャ。名は伝承されていない邪神。そのいずれもが隔絶した力を持っていたという、伝説の存在たち。

（さあピッケル、お前はどっちなんだ。『こちら側』なのか？　それとも『あちら側』なのか？）

もし、ピッケルが『あちら側』だとしても……。勝利を諦めるつもりはないし、必要もない。

邪神を討ったのは、人だ。つまり『神』は、殺せる。そのためにこの場所へと呼び込んだのだ。
【二盾】。父が以前狙われ、逃げ回っていたという強さを誇る位階。年齢を考えれば当時の【二盾】とは別人であろうが、いずれにせよ油断ならない相手だ。もちろん油断など、する気はないが。

「お前、ヤンって奴の仲間ってことで間違いないか？」

まずは、人伝《ひとづて》の情報の真偽を確認する。

嘘をつかれることも覚悟していたが、フェイはあっさりと返事をした。

「ああ、そこに関しちゃ嘘はついてないぜ？　アイツが【二矛】で、俺が【二盾】だ。ま、本当は教えなくてもいいんだろうけどな。信じるか信じないかは任せるよ」

再び鉄球を手のひらで弄びながら、フェイが言葉を続けた。

「ここに誘い込んだのは、一つ提案があるからだ」

「……提案？」

二つの鉄球の動きが複雑になり始める。手のひらの上で指を使って弾き、前腕、上腕と駆け上がるように転がし、肩を上げる反動で再び手のひらに戻す。曲芸じみた動きで鉄球を弄びながら、フェイは話を続けた。

「辺境に行くのはやめてもらえねえかな？　約束してくれるなら、俺はこのまま一人で東部へ行って、ヤンを説得してミランさんを連れて帰ってくる」

腕を動き回る鉄球はいつしか、回転を維持したまま速度を上げていく。ピッケルは、騒がしく動き回る鉄球から目を離さないようにしながら、腑《ふ》に落ちない点をフェイへと尋ねた。

「わざわざミネルバとガンツさんがいないところでそれを頼む意味は？　それにお前の仲間は俺に来てほしいんだろ？」

「ああ。だが俺は行ってほしくない。二人がいないところでってのは、まぁなんだ、お前が行かない、って言ってくれればちゃんと二人にも話すよ」

動き回っていた鉄球を空中に投げ出すと同時に、フェイは両手の人差し指を立てた。その上に、鉄球が乗り、回転を保つ。

シュルシュル、シュルシュルと、指の上で回転する鉄球が、摩擦によって音を奏でた。

今は指の上で均衡を保っている鉄球だが――ピッケルはなんとなく、この鉄球が回っている間に決断を迫られているような気がした。しかし、答えなど決まっている。

「お前の要望に応える余地は、ない」

「何故？　いい条件だと思うけどな？　ミランさんは戻ってくるし、お前たち夫婦もわざわざ辺境くんだりまで出向く必要もなくなる」

鉄球の様子を見るに、均衡には今しばらくの猶予がある。ピッケルは理由を話し始めた。

「確かにいい条件だと思う。でも、ミネルバに言わせれば、俺は騙されやすい」

「知ってるよ。【栄光】にも騙されて入ったんだろ？」

「ああ。だからミネルバをわざわざ遠ざけて、俺を説得するなんてのはちょっと怪しい。疑いたくないし、本当は信じたいんだけど、やめとくよ。俺が騙されるのはいい経験だと割り切ればいいけど、そこにミランさんの命は賭けられない」

疑ったことで、多少申し訳ない気持ちになった。

それが表情に出たのか、フェイはこちらを見て苦笑いしながらも、頷いて答えた。

「……まぁ、わかった。残念だけどな、仕方ない」

シュルシュル、シュルシュル……。

二人はしばし沈黙し、鉄球が回転する音だけとなった。ややあって、フェイが話題を変えるように質問してきた。

「お前ってさ、モンスター相手にはかなりやるみたいだけど……人間と戦ったこと、あんの？」

「ないよ」

ピッケルが素直に応えると、指先を回る鉄球のバランスを取りつつ、フェイが今度はニヤリと笑みを浮かべながら言った。

「そっか、なら、アドバイスだ。人間相手は勝手が違うぜ、色々と、な」

鉄球の回転速度が次第に緩やかになり、シュルシュル……、という音が小さくなる中——フェイが右足を上げた。

「例えばお前、お互いが『震脚』を使ったら、どうなるか知ってるか？」

「……さぁ、知らないな」

「ふふ、どうなると思う？　知りたいか？」

フェイの挑発的な物言いに、ピッケルも呼応するように、右足を上げる。

シュル……シュ。

回転が止まり、摩擦音が鳴りやんだ。

鉄球が指先から落下する。

フェイがそれを掴み取った瞬間。

摩擦音と入れ替わるように——両者が激しく地面を踏みしめる音が、平原に響いた。

ピッケルとの震脚の撃ち合いの瞬間、フェイは自らが勝利に一歩近づいたことを確信した。

二人の超人の脚力が、地面に振動を走らせる。

荒れ狂う海原のように地を走る、お互いの振動がぶつかり合った瞬間——!

ぶつかり合う波の勢いと、さらに後ろから続く波に押されるような力に耐えきれず、土壁を形成するように土砂が噴き上がった。

石畳が敷かれた街中では起きないこの現象こそ、フェイが必勝を期し、ピッケルをこの場に誘導した理由だった。

会話を誘導し、「知らない」と答えれば好奇心を刺激して、「知ってる」と言われれば、どちらが上かと挑発に乗せる形で、『震脚』の撃ち合いに持ちこむつもりだった。

『震脚』の撃ち合いにならなければ、最悪、逃走も視野に入れていたが——第一段階はクリア。

噴き上がった土砂が、ピッケルの視界から自分の姿を隠したと判断した瞬間、フェイは両手に用意した鉄球を放った。

かなりの勢いで噴き上がる土砂とはいえ、フェイの鉄球を阻むことはできない。土壁を穿ちながら、鉄球が飛ぶ。

そして、自らが放った鉄球を追うように、そのままフェイは突進した。

突進しながら、脇の下に構えた右の拳に『力』を籠める。

襲撃にも使用し、この場に着いてからも常に見せつけることで、ピッケルに鉄球への意識を向けさせた中での、本命の一撃。

――【四矛四盾】の武術の源流は、創造と破壊を司る、四つ腕の神だと伝えられている。

戦女神と死闘を繰り広げた神、ストルクアーレ。その四つの腕は、それぞれ右上手、右下手、左上手、左下手と呼ばれる。

右下手には、全てを破壊する鎚《つち》『国砕き』を、左上手には強力な魔法を生み出す『創魔杖《そうまじょう》』を携えていた、とされる。

だが、真に戦女神を苦しめたと伝わるのは――何も持たない空手だった。右上手と、左下手、そして双脚より繰り出される技。

四矛四盾が操る武術の名は、『破神掌術』と『破神脚術』を併せた武術、『破神闘術』。

フェイが今繰り出そうとしている技は、破神掌術の奥義。

極めれば山を崩し、渓谷を創り出すとも言われる、破壊と創造、両面の拳。

もちろんハーン帝国にて、武の最高峰とも称される【四矛四盾】であるとはいえ、人の身に過ぎないフェイにそこまでの威力を出すことはできないが――人を一人殺すには、余りある力だ。

土砂の壁を抜け、ピッケルの姿を捉える。放った鉄球が、狙い通りにピッケルへと迫っていた。

顔と、腹部。ピッケルが鉄球を掴むにせよ、躱《かわ》すにせよ、わずかとはいえ隙が生じる。

布石の仕上げとして、その隙に、この拳を叩き込む。

フェイは、ピッケルがどのように動くか見定めている中――予想外のことが起きた。

ガッ！

ドスッ！

鉄球が、鈍い衝突音を立てた。飛来する鉄球に対して、ピッケルは微動だにしなかった。

腹部と、額、その二か所に、それぞれの箇所に応じた鈍い音を立てて、鉄球が命中した。

（なんだとッ⁉）

衣服によって隠された腹部はどうなったのかわからないが、ピッケルの額から、すっと一筋の血が流れた。竜の鱗を貫くほどの威力を籠めた鉄球が命中したというのに、ピッケルが意に介す様子はない。額から血を流しつつも、土砂から飛び出してくるフェイから視線を外さず、ただ、待っている。

——読まれていた、ということだろう。

鉄球などより、警戒すべきは——フェイ本人だと。技の動作に入っていたフェイは、ピッケルの意外な行動に対応できない。突進の速度は、今更止められない領域まで高まっている。技が躱されれば、今度は隙を晒すのは自分だ。

技をこのまま放つべきか、それとも相手の攻撃へ対応することを優先すべきか？　突進によって、短い、だが貴重な決断までの時が迫る中で——ピッケルが、左手をスッと上げ、手のひらをこちらに向けた。

打ってこい、と言わんばかりに。それは、挑発なのか。受け止める、と見せかけたフェイントなのか。どちらも違う、とフェイは判断した。

ピッケルのことだ、こちらが右の拳に尋常ではない『力』を籠めているのは見抜いているはず。にも拘らず、その場にとどまり、受けようとする理由、それは——腹部への、鉄球。

表情に苦しさは出していないが、恐らく鉄球の一撃によって、足を止めるほどのダメージを与えられたのだ。仮に別の意図があったとしても——相手がこの拳を手で受ければ、勝ちだ。

何より、鉄球によってピッケルが流血した、この事実が攻撃を後押しした。

傷を付けることができた、という事実。傷を付けることができるなら——倒せる、殺せる。

拳を突き出しながら、叫んだ。

「食らえッ！　これがオレの……『崩山《ほうざん》』だッ！」

フェイが攻撃する瞬間も、左手を構えたまま、ピッケルは動かない。

『力』と、突進の速度を乗せたフェイの拳が、ピッケルの左手に叩き込まれた瞬間。戦闘開始の合図だった、互いの『震脚』の発したそれを、遥かに凌駕《りょうが》した轟音が平原に響き渡った。平原の隅々まで響き渡るような、大気を震わせる激しい衝突音が鳴り響く中、フェイは自らの拳が破壊されたのを感じた。

何が起きたか、は瞬時に理解していた。しかし、何をされたのか、はフェイにはわからなかった。

突進の勢いと共に突き出した拳、その攻撃の威力と同等以上の力が、己の拳に返ってきた、ということは理解している。まるで武の素人が、鍛えていない拳で硬い物を殴り付けて破壊されてしまうように。今、自分の右拳に起こったことを説明するなら、そんな感覚だった。

しかし、フェイは『あの日』から研鑽《けんさん》を怠ったことはない。だからこそ、今起きた出来事を理解しながらも、腑に落ちてこない。強固な城壁すら破壊可能な領域まで高められた、フェイの一撃。

勝利を確信した、一撃。しかし、勝利は訪れなかった。

ピッケルは、ひょいと持ち上げた左手で会心の一撃を受け止めた。体はもちろんのこと、直接受け止めた左手すら、微動だにしなかった。攻撃の力は、通常分散する。その全てを無駄なく相手に伝えるのは困難を伴う。相手が吹き飛ぶにせよ、受け止めるにせよ、力とは逃げるものだ。

しかし、ピッケルは攻撃を軽々と受け止め、分散しなかった力は結果、全てフェイの拳へと返ってきた、ということなのか。

だが……それを成したもの、その正体がフェイにはわからない。これは、人智を遥かに超えた怪力による、単純極まりない出来事でしかないのか。はたまた、想像を遥かに超えた修練、戦いの技術を極めた者の成せる業か。

わからない。だが、確認する猶予も、考える時間も、ない。

ここまでの刹那《せつな》の思考の中、ピッケルの右拳が迫っているのが見えていた。合わせ鏡のごとく突き出された右拳を受けようと、フェイは左手を持ち上げた。だがその手に、相手の拳が触れた瞬間、伝わってくるその威力に、受け止めるのは無理だと本能的に悟る。

受けることが不可能、ならば。

――『風柳《ふうりゅう》』。

この状況に最適な技を思い浮かべ――いや、思い浮かぶ前に、これまでの修練、積み重ねた研鑽が、自然と技の実行を促した。先ほどピッケルが行ったのと、真逆の技。相手の攻撃と同等の速度で後ろに跳び、相手の攻撃を間合いギリギリで受け流し、勢いを殺す完全防御。技の名が示すように、風に吹かれる柳の如く、力を散らすのでもなく、受け止めるのでもなく、ただ、流す。

横に躱すのとも違う。攻撃の威力、間合いに合わせ、紙一重の距離を維持しつつ、最小限後ろに下がる。その後、攻撃終了時の相手の隙に、不可避のカウンターを叩き込む、攻防一対の奥義。

恐ろしいほどの威力が左手越しに伝わる極限の状態でも、己が積み重ねてきた修練が、期待を裏切ることなく応えてくれる。

（この時のために、俺は技を磨いたのだ！）

フェイは確信しかけた、が。

――フェイは後ろに跳べなかった。

今度は理解できた。理由は単純だ。拳を掴まれている。己の右拳が当たる直前まで指先を広げていたはずのピッケルの左手は、閉じていた。全身の力、特に、地震の如き現象を生み出せる規格外の脚力で、全力で後ろへの跳躍を試みたにも拘らず、たった五本の指が振り解《ほど》けない！

歯を食いしばり、さらに力を籠める。籠めた力に耐えきれず奥歯が割れ、呼応したように足元に亀裂が入った。掴まれた手を振りほどこうとする力に耐えきれず、右肩が外れた。身体中の筋肉は刹那に酷使され、悲鳴を上げるように骨が軋《きし》んだ。

しかし全身の力を、玉砕覚悟の総力戦に駆り立てるように動員しても、相手の手、いや、指先の力に敵わない。刹那、フェイの脳裏に浮かぶイメージ、それは――死神。

掴んだ死者の魂を、決して離すことなく、黄泉《よみ》の世界に引きずり込む。運命の終わりを告げる、絶望と恐怖を与える存在のように振る舞いながらも――目の前の男は、友人に投げ渡された果物を受け取ったかのような気安さで、フェイの右拳を掴み、跳躍を阻んだ。

それだけではない。ここに至り、フェイは理解した。ピッケルは、フェイが必殺を期して繰り出した『崩山』を。突進の速度、拳に籠めた『力』、過去から今に至るまでに培った修練の全て、そしてフェイの今持てる『理』を尽くした、集大成ともいえる一撃を。

ただ、それ以上の力で握り潰したのだ。

まるで、攻撃などなかったと事実をねじ曲げられ、都合の悪い出来事を、歴史から隠蔽《いんぺい》する権力者のような横暴さで……。

神すら殺すと決めた覚悟も、これまでの修練に対しての矜持《きょうじ》も、思い上がるな、と宣告されたように文字通り握り潰されたのだ。

（化け物め……）

自らの左手ごと、ピッケルの右拳が顔に叩き込まれるのを感じながら、フェイは意識を手放した。


フェイの気絶を確認して、ピッケルは「ふぅ」と軽く息を吐いた。

手加減する気はなかった。つまり、殺してしまっても仕方ない、という覚悟の上で殴った。単にフェイが生きているのは、殴る直前に気が逸れたからだ。その結果、少し力が逃げた。

付け加えるなら、咄嗟にフェイが左手を攻撃と顔の間に挟んだのも、命を繋いだ理由だろう。いい反応だった。

予想通りとはいえ、やはりフェイは強かった。フェイを放し、彼が地面に伏すように倒れるのを最後まで見ずに、気を逸らした原因へとピッケルは振り向いた。

「あー、間に合わなかったか……」

視線の先には、虎吼亭の主人がいた。頭を掻きながら歩み寄ってくる。急に目が霞んだので手で拭《ぬぐ》うと、額から出血していることがわかった。ピッケルは主人へ笑みを向ける。

「間に合った、のかもしれません」

「ん？　どういうことだ？」

「彼は死ななかったし、俺も殺さずに済んだ」

「ま、そう考えれば……そうだな、間に合った」

主人はそのままピッケルのそばまで来て、フェイを肩に担ぎ上げた。

「でも、まだ迷ってますよ。今からでも……本当は、トドメを刺すべきじゃないかって」

ここが実家で、相手が害虫であれば、必要に迫られれば駆除は躊躇わない。ピッケルの言葉に、主人はすぐに反応した。

「ん？　俺ごとか？」

しばし見つめ合い、ピッケルは、我慢できずにふっと笑いが漏れた。

「ズルいですよ、そんな言い方」

「大人ってのは、ズルの一つくらい覚えるもんだ。それに、お前たちには大事な役目がある」

「大事な役目？」

突然そんなことを言われてピッケルが戸惑っていると、主人は少し怒ったような、それでいて機嫌が良さそうに言った。

「ウチの煮込み、今日はお前らのせいでたぶん売れ残る、それを処理してもらわねぇとな。ま、金は取らねぇから安心しな」

自分たちのせい、というのはよくわからなかったが、ピッケルは主人に与えられた役目はきちんと果たそうと思った。

……生きてる、のか。

フェイは最初に、自分の生存を確認した。確実に死んだと思ったが、かろうじて生を繋いだようだ。

だが、安堵するのは早い。あれほどの一撃で体が無事なはずがないと思い、体の状態を確認すると、不思議なことに、砕けたはずの奥歯まで含めて無傷だった。

辺りを見回すと、そこが虎吼亭の一室であることに気が付いた。近づいてくる馴染みのある気配に、フェイは扉を見た。ノックもなしに扉を開けたのは、虎吼亭の主人であった。

「お前、無茶するなぁ。ああなるのわかってただろ？」

主人はどかどかとベッドに歩み寄り、そのまま近くの椅子に腰を掛けた。

「いやいやいやいや、流石にもう少しイケると思ってましたよ？　ま、焦ったのは認めますが」

本来なら、もう少し時間を稼いで準備するつもりだったが、ミネルバたちがロイ商会に入るのを見て、資金の目処が付いてしまうことを予想し焦ったのだ。準備したところでどうにかなるものではなかっただろうが。そんなフェイの心を見抜いたのか、主人は笑った。

「イケるわけねぇだろ。お前があいつをやれるんなら、俺がとっくにクワトロの奴をボコってるぜ」

「そう言わないでくださいよ、こっちにも色々事情があるんですよ」

「……そりゃあ、今まで俺にまで強さを隠してたのが、バレちまうのも覚悟で戦うほどのか？」

「……」

発言の瞬間、彼の気配が少し変わる。フェイは黙って主人を見ていたが、ややあって口を開いた。

「オレを治療したのは……あいつですか？」

「俺だ。こう見えて、昔は戦女神の神官戦士だったからな、破門されちまったけどよ」

「……ありがとうございます。砕けた歯まで再生するなんて凄いっすね。酒場なんてやってないで、歯医者をやった方が稼げるんじゃ？」

「フン、金稼ぎで治癒魔法は使わん。俺を寺院の守銭奴《しゅせんど》どもと一緒にするな」

「へへ、聖人みたいなこと言いますね」

「うるせぇ、軽口聞かせてごまかそうってんなら、もう一度、歯を砕いてやろうか？　奥歯といわず全部な」

「やめてくださいよ、せっかく治してもらったのに。むしろ感触的には、ちょっと噛み合わせが良くなったとさえ思ってるんですから。食べ物も、人の話も、噛み締めるのは苦手だったんでちょうど良かったですよ」

「噛み合わせが良くなったにしちゃあ、今も減らず口をベラベラ叩いてるなあ？」

あまり無駄口をきいていると、本当に歯が折れるほどぶん殴りそうな気配を感じ、フェイは話題を戻すことにした。

「……でも、まぁ、治療費ってわけじゃないですけど、オレの事情聞いてもらえますかね？」

「話したきゃ、話せ」

「いや、聞いといて……いや、手の関節バキバキ鳴らさないでくださいよ！　話しますって！」

フェイはあくまで渋々であることを装いつつ、実は自分が話したがっていることに気づいた。神官は聞き上手な者が多いのだ。ぶっきらぼうな態度の中に、彼の優しさが垣間見えた。

「つってもまぁ、どこから話せばいいやら……」

「最初から話せ」

「最初から？　ちと長くなりますよ？」

「短くわかりやすくしろ、情報屋だろ？」

無茶苦茶な理屈だな、と思いながらもフェイは話し始めた。


子供の頃は、人の金をスリ盗《と》って生きてきた。親に殴られないように、または、褒められるために。

自分が帝都最高のスリだと気づいたのは十歳の頃。どんな相手の懐からも金を奪えた。働きもしない両親が愛情を見せるのは、それなりの額の金を持って帰った時だけだ。

ところが、ある日初めて捕まった。品のいい朱色の服を着た、がっしりとした男だった。

フェイは仕事の前に、男から二つの予感を嗅ぎ取っていた。良い予感と嫌な予感だ。フェイの勘はよく当たる。嫌な予感がした相手を狙った者が捕まるのを何度も見てきたし、良い予感がした相手は必ず大金を持っていた。

すれ違いざまに目にも留まらぬ速さで男の懐に手を差し込んだ瞬間、腕を掴まれた。初めての経験だったが、同時にフェイは恐怖した。盗人《ぬすっと》は、腕を切り落とされることも珍しくない。恐る恐る相手を見上げると――相手の男が泣いていた。

「……黄竜《こうりゅう》よ、感謝いたします」

男の呟きに、先ほどまでの恐怖が少し和らぐとともに、フェイは思わず聞いた。

「おっちゃん……どうして、泣いているの？」

「え、私は泣いているのか……ああ、すまない、本当だ、嬉しくてね」

フェイの腕を掴んだまま、男は涙を拭った。

「嬉しい？　どうして？」

フェイの問いに、男は次に笑みを浮かべて言った。

「君が、武《ぶ》に愛されているからだ」

男はハオランと名乗った。ハオランは支度金を両親に寄越し、気を良くした両親は、さして関心もなさそうにフェイを手放した。どうすればいいのか、そう聞いたフェイに、男は言った。

「君は私の息子になる」

その日、フェイには新しい父と、ヤンという弟ができた。

「フェイ、西に行ってもらう」

フェイがハオランの子となって八年目のある日、義父が言った。修行を始めてわずか三年で、高弟たちやハオランの実子であるヤンを超えたフェイは、黄竜に拝謁《はいえつ》の予定があるというハオランから、その日代稽古《だいげいこ》を頼まれていた。門人たちに休憩を言い渡し、ハオランと共に座った。

「西に、何をしに行けば？」

「わからん。だが黄竜の予言だ、間違いないだろう。私もお前に出会った時は『大金を持ってスラムをうろつけ』という啓示だけだった」

あとから知ったのだが、ハオランはほとんど毎日懐に大金を忍ばせ、スラムをうろついていたらしい。帝都のスラムは広いので、出会うのに約一年かかった、と聞いた。

「啓示は？　何をしろと？」

「うむ、お前の時よりも漠然としている。『猛禽《もうきん》を思わせるも翼を持たざる女、番《つがい》を得て飛翔する』ということらしい」

「……まーた、えらく漠然としてますね？」

「ああ、しかし過去の事例からすれば、『飛翔』のような、上昇や飛ぶことを意味する場合、『神人』や『聖仙』が関わってくることが多いらしい」

「なるほど。で、オレはそこで何をすればいいんですか？」

答えながらも、胡散《うさん》臭い話だ、という感が拭えなかった。別に神に関する話がお伽噺《とぎばなし》だと笑うつもりもない。実際、識王など、邪神と過去に戦った者が今なお生存しているからだ。

「黄竜の意思は昔から一つだけだ。お前も拝謁した時に聞いているはずだ」

「……ええ、まぁ」

黄竜には、【二盾】に任命された時に一度拝謁している。一気に【二盾】になるのは異例の抜擢《ばってき》とのことだ。そこで告げられたことは【四矛四盾】、いや、仙家の本来の目的。

大陸から『神』の影響力を排除する。修行を積み『神』を目指し、他の『神』を駆逐することだ。

「つまりオレたちは、神を殺すために、神になるための修行を積んでる、ってことです。いるかどうかもわからない神のために、なれるかどうかもわからない神を目指す。滑稽ですよね」

最後は皮肉を交えつつ話を一通り終わらせると、虎吼亭の主人は顎の下に手を添えてしばらく考えていた様子だったが、やがて口を開いた。

「猛禽を思わせる女、これはミネルバで間違いないだろうな。いや、当たり前だが王都の女全員を知っているわけじゃねえけどよ、あまりにイメージと符号する」

「そうですね、だからオレが『番』になれれば色々解決するんじゃないか、って思ってたんです。まぁ変な下心見抜かれてたのか、相手にされませんでしたけどね。オレが来て二年してから、【三矛《さんほこ》】が黄竜から追加の予言を受けて、黒竜を王都に追い込んだ。その結果、ハーン帝国はピッケルの存在を特定した、って感じですね。……でもこんな話、信じてもらえます？　黄竜の予言だ、なんだって」

話しているフェイ本人でさえ、荒唐無稽な話だと思っているが、虎吼亭の主人は特に驚く様子もなかった。

「ん？　ああ、黄竜の奴なら知っている。昔クワトロとハーンに行って、ぶち殺そうと思った相手だからな。ヤロウが当時の【二盾】を口説いたせいで、うやむやになっちまったが」

「ぶち殺すって……」

「だって俺は戦女神の敬虔《けいけん》な信徒だぜ？　神の排除を企む奴なんて、生かしておけねぇだろ？」

「敬虔な信徒は、破門なんてされませんって」

「まぁいい。ここまでの話で、お前に足りないものがわかったからな」

どうやら、本当に懺悔《ざんげ》だったようだ、となれば何か助言でも与えるつもりなのかもしれない。

「強さが足りない、なんてのは、今回わからされまくりましたけど？」

「ばーか、そんなんじゃねぇ。お前に足りないのは色々あるが……」

主人は一度言葉を止め、強調するように言った。

「せめて敵くらい、他人の言いなりにならねぇで、自分で探せってことだ」

「……」

あまりにも神官らしくないセリフに——あるいは信奉してるのが戦女神だということなので、らしすぎる言葉なのか——フェイが言葉を失っていると、話は終わったのだろう、主人は立ち上がり部屋を出ようとして、思い出したように振り返ってから言った。

「……まぁ、仲間でもいいけどよ。そいつが喧嘩仲間なら、最高だ」

言いっぱなしで、フェイの表情を確認することなく、そのまま主人は退室していった。敗北によって気が弱っていたせいか、主人の言葉を噛み締めるように反芻《はんすう》したあと——先ほどの自分の軽口を思い出し、フェイは一人、苦笑いを浮かべた。

虎吼亭名物の煮込みを口にしたミネルバは、

「……これ、マスターが作ってないでしょ？」

と鋭く指摘した。イリアがさっと視線を外したので、犯人は丸わかりであった。

なんでも、【二盾】であったフェイがピッケルと死闘を繰り広げたあと、主人から「金はいらねぇから、煮込みを残さず食え」という指示を受けたらしい。その理由が、ピッケルたちが争いを始めたせいでイリアに仕込みを任さざるを得なかったのが原因、というのは、ミネルバたちには知る由もないのだが。

不味《まず》くはないがいまいち食の進まない煮込みをつついていると、フェイが対面から励ましてきた。

「まぁまぁ、お嬢！　頑張って食べようぜ？」

「あなた、よく一緒にご飯食べられるわね……」

昼に殺し合いをした相手と卓を囲むピッケルもそうだが、神経の図太さに呆れ返るばかりだ。

「ねえ、フェイ。私、一つわからないことがあるんだけど」

「なんだ？」

口に煮込みを運ぶふりをして一向に皿の中身が減らないフェイは、諦めたのかスプーンを置いた。

「どうしてピッケルとここで戦おうと思ったの？　仲間のふりして付いてきて、辺境でヤンって奴と二人がかりで戦った方が有利じゃない」

ピッケルが辺境に呼び出されている理由も気になるが、間違いなく害する目的のはずだ。

ごまかされるかと思ったが、ヤンは普通に答えた。

「二つ理由がある。一つは、ピッケルはとっくにオレの強さに気づいていた。だから、問い詰められる前に自分のタイミングで仕掛けたかった」

「なるほどね。じゃあ、もう一つは？」

「ヤンだ。なんでアイツがピッケルを辺境に呼び出したか、その目的がわかんねぇ」

「……仲間なんじゃないの？」

「基本的にはな。けど、ピッケルに関してはアイツ、独断で動いてる。辺境に呼び出す予定なんて、本来なかったはずなんだ。少なくとも、オレは聞いていない。話が来てないのもおかしいしな。辺境にピッケルを行かせたくないのは、ヤンじゃ絶対に勝てないし、殺されるのがオチだからだ。血の繋がりなんてなくても、アイツは一応、弟だから」

血の繋がらない弟、という点も気にはなるが、今は本題ではないだろう。他の疑問を口にする。

「でも【二矛】なんでしょ？　アナタより強いんじゃないの？」

「それはアイツが帝都居残り組だからだ。【四矛四盾】は、基本的には強さで任命されるが、人のしがらみとは無縁でいられない。特にアイツはオレと違って、名家の跡取りだ。そういった政治も絡んでる。ま、ちゃんと修行を続けてれば、【二矛】でもおかしくない程度の強さにはなってるだろう。ただ、しばらく会ってないから間違いなく、とは言えねぇけど、この三年であいつに追い越されたとは思えねぇな」

そう言われれば、確かにクワトロも序列に例外があるというようなことを言っていた。

「じゃあ、あなた、本当ならもっと上の矛だか盾なんだ」

「いや、【一盾】はオレの師ハオランだ。まだ越えられちゃいないだろうな。【一矛】は……わからない、オレも知らないんだ」

「知らない？」

「ああ、謎。仙人なんじゃねぇか、って噂だけどな」

「センニン？」

「ま、こっちで言うところの神だな、うさんくさい話だけど」

恐らく、嘘は言っていないだろう。クワトロも、ヴォルス家の武術は神を目指す修行の一環だった、という話をしていた。【四矛四盾】とは、恐らく【仙人】とやらを目指す集団なのだろう。

「しかし、あなたなんでも話してくれるわね、ありがたいけど」

「ああ、情報屋のフリなんてしてたけど、本来隠し事は苦手なんだ」

それは、なんとなく気づいていたが、ミネルバはわざわざ言わなかった。代わりに、質問した。

「最後に。今でもピッケルをどうにかしようと思ってる？」

ミネルバの質問に、フェイは苦笑いを浮かべながら手を振り、答えた。

「どうにかしようと思っても、オレに、どうこうできる相手じゃない」

恐らく、本音だろう。フェイの表情は、どこか吹っ切れたように見えた。


「へぇ、これイリアが作ったんだ。昨日の煮込みも美味しかったけど、これはこれで俺は好きだよ。

イリアはきっと、いい奥さんになるね」

「ミネルバ！　聞いた今の!?　ねぇミネルバお願い、親友の頼みだと思って聞いてほしいんだけど、ピッケルと別れてくれない!? 私がピッケルの奥さんになるわ！」

「旦那を奪うために別れろって言う時点で、親友じゃないでしょうが！」

とうに煮込みの完食を諦めていたフェイは、目の前で繰り広げられる喜劇を肴《さかな》に酒を飲んでいた。

力を隠すために王都滞在中は常に気を張っていたが、こんな風に己をさらけ出すような食事は、王都に来てから……いや、生まれてこの方、初めてのことであった。

案外、王都で演じていた人懐っこい道化者は、本当に自分がなりたい姿だったのかもしれない、とフェイは考えた。

イリアの煮込みを褒めていたピッケルも、流石に量が量のため、食べきるのは諦めたようだ。

その様子を見て、虎吼亭の主人がピッケルとフェイに話しかけてきた。

「もう食えねぇなら、お前ら俺の言うことを一つ聞け」

「いやいやいや……なんでですか？」

無茶言うなぁ、とフェイが思っていると、主人がたたみかけてきた。

「お前らが街中であんなヤバい気配をぶんぶん振りまくから、煮込みがこうなったんだ。その責任を取りやがれ」

「言うことって、なんですか？」

と、責任を取るという言葉を真に受けたのか、ピッケルは素直に返した。

「ピッケル、フェイ、お前ら二人でダチになれ」

「ダチ？ なんですかそれ」

「はああああああ!? なんですかそれ!?」

フェイはどういうことかという思いで、ピッケルは単純に『ダチ』という単語がぴんと来なかったのか、それぞれ疑問を口にした。

「うるせぇ、フェイ、お前に拒否権ねーよ。あんな昔話程度じゃ命を救ってやった代金には届かねぇぞ。ピッケル、ダチってのは友人だ、お友達の略だ」

（お友達って単語、似合わねぇなあ！　いや、今はそこじゃない）

無茶を言ってくる主人に、どう返そうかフェイが迷っていると、

「わぁ！　俺、人間の友達できるの初めてだ！　よろしくフェイ！」

あっさり言うピッケルに、フェイは呆れ返った。

「……あのなぁ、オレはお前を殺そうとしたんだぞ？」

「ああ、俺もそうしようと思ったよ。いや、マスターに止められなかったらたぶん駆除してたし！」

「駆除!?　オレは虫類かよ!?」

恐ろしいことを平然と宣《のたま》うピッケルだったが、笑顔で大きな手を差し出してきた。命の対価と言われれば拒否権はない。フェイは渋々、ピッケルの手を握り返した。

人間以外にも友達などいなかったフェイにとって、たとえ命じられただけだとしても、初めての体験であった。もしもこの先、本当に友人になれるとすれば……。

そう考えると、フェイは自然と顔が綻んだ。

第四章

ミランが囚《とら》えられてしばらくは、囚人として扱われた。粗末な食事を決まった時間に与えられるだけの生活。変化が起きたのは、数日目のことだった。

「出ろ」

理由の説明などないまま、兵士に名指しで呼ばれて牢を出た。兵士は顔をしかめる。風呂にも入れていないので、ミランの体からはすえた臭いがしていた。

井戸で水浴びさせられ、粗末な服に着替えさせられる。その後は兵士に見張られながら、五分ほど街中を歩かされた。

道中で質問しても「黙って付いてこい」と言われるだけだ。逃げようにも、後ろの見張りは匂《にお》いに敏感な生来の追跡者、オークだったので諦める。

街の中には、人間以外の亜人が見本市のように歩いていた。エルフ、ドワーフ、オーク、そして魔族。

ミランは、自分がなんのために歩かされているのかを推察しようとした。わざわざ水浴びをさせる辺り処刑ではないだろうが、兵士は取り付く島もないので、会話から探ることもできない。しばらく様子を見ることを選択していると、大きな建物へと着いた。街の様子、規模から判断するに、恐らく街の領主の住まいだろう。そのまま建物の内部に案内された。

着いたのは、かなり広い部屋だ。元は食堂だったのだろう、長いテーブルの上には、様々な書類が積まれている。これでは食事に向きそうにない。壁には、何枚もの紙を合わせて一枚にした地図が貼られていた。そこに打たれた赤い印と地名は、イブロンティア。予想はしていたが、やはり囚えられてイブロンティアに送られたらしい。

視線の先、つまりテーブルの周りには、数人が座って何か話している。そちらを見てすぐ、ここまでミランを連れてきた兵士が声を上げた。

「連れてまいりました！」

兵士の報告を聞き、話し合いをしていたそのうちの一人が立ち上がった。銀髪に灰色の肌、エルフほどではないが尖った耳。魔族だ。立ち上がった魔族は、テーブルに置いてあった一冊の本を手にして、ミランの元へと近づいてきた。

動きやすそうな黒のロングコートに銀の刺繍《ししゅう》が施されている。恐らくはシルクだろう、かなり立場がある人物のようだ。魔族の男はミランのそばまで来ると、本を前に出しながら質問してきた。

「この本に見覚えはあるか？」

本の表紙を見ると『現古混成魔法論《げんここんせいまほうろん》』とタイトルが書いてある。見覚えがあるも何もなかった。

「俺が、王立魔法学院にいる頃に書いたやつですね。誰も理解してくれませんでしたが」

「そうか、やっぱアンタがミラン師か。会えて嬉しいよ」

ミラン師という突然の敬称。むず痒《がゆ》くなるような感触を覚えながら立っていると、男が名乗った。

「俺はシダーガ。この本の内容を理解できるのはアンタか俺くらいだろうな。あ、良かったらあとでサインしてくれ」

身分が高そうだとは予想していたが……男は識王その人だった。

識王とは、今日まで様々な話をした。魔法に関しての広い見識を持った識王の話は、ミランにとって大層勉強になった。識王も、自分の話を理解できるミランの存在が嬉しかったらしく、いつの間にか二人は敬語をやめて話す仲になっていた。

さらには、秘中の秘である、識王軍の強さを支える『全軍強化』の魔法まで教えてくれた。

「これは、邪神討伐の時に白竜に借りた杖でな。術者の魔法の威力を高めて消費魔力を抑える代物だ。これがなきゃ、流石の俺でも全軍を強化するほどの魔法は使えん」

「へぇ、凄いな。でも、借りてるってことはいつか返さなきゃいけないのか？」

「ふっふっふ。実は、返却期限はとっくに過ぎている。大陸のどこにいても回収可能な白竜の追跡魔法を解析し、隠蔽《いんぺい》する魔法を上から施したんだ。白竜が持っていたって宝の持ち腐れ、俺が使えば杖も喜ぶよ」

「直接取り立てに来たりするんじゃねぇの？　白竜の怒りを買って滅ぼされた国もあるんだろ？」

「その時はその時だ、仕方ないさ——と言いたいところだが、来ないだろうな。俺の推測でしかないが、恐らく山を動けん理由があるんだろう」

自慢げに、白竜から杖を騙し取ったことをニコニコ顔で話すシダーガに、変に親近感を覚えてミランは質問した。

「なぁシダーガ。アンタなんで王国を攻めるんだ？」

もちろんミランは軍事や政治の専門家ではないが、ある程度の予想は付いた。王国はエンダム周辺、広範囲に穀倉地帯を領有しているし、物資の面でもエンダム周辺を確保するのは大きなメリットだろう。だが、シダーガの答えは違っていた。それまでの笑顔は鳴りを潜め、無表情になってからシダーガが疑問に答えた。

「俺が王国を攻める理由は色々あるが……一番の理由は、復讐だ」

「復讐？」

「ああ」

識王の話は、邪神討伐まで遡《さかのぼ》った。

識王が邪神討伐に参加したのは、王国との同盟関係により、識王が敵国との戦争に出ている間は自身の領地を守ってもらうという盟約があったがゆえだ。しかし邪神を討伐して、いざ識王が戦争を始めると、邪神の災禍《さいか》による混乱を理由に盟約は破られ、その時に別勢力に攻められたことによって妻と子を失ったのだという。

「魔族ってのは知ってると思うが、妊娠期間や子供時代が長い上に繁殖力が弱い。殺された子は、妻と結婚して百年目にしてやっと授かった子だった。ま、そういう理由だ」

識王は、普段ミランと話す時は、子供のように感情豊かに話した。特に、魔法のことを話す時は、笑顔が似合う男だ。そんな男が、淡々と、朗読を命じられたように話した。だからこそミランは、シダーガの深い怒りを感じた。ミランが黙っていると、識王はいつものように笑みを浮かべながら話を再開した。

「さてミラン、そろそろ荷物をまとめな。足りない物があれば部下に言ってくれ、用意させる」

それは、突然の虜囚生活の終わりを告げる言葉だった。意外な申し出にミランが戸惑っていると、シダーガが言葉を続けた。

「そろそろ、戦争を始めるからな。アンタが巻き込まれる必要はない。この一ヶ月ちょっとは、楽しかったよ」

その時、いきなり現れた男が声を掛けてきた。

「いや、勝手なことされたら困りますよ？」

紺服の男。滞在中に、シダーガから正体は聞いている。ハーン帝国の【四矛四盾】、ヤン。

シダーガが参戦を決めたのも、この男はクワトロが参戦した際の切り札になる、と予想したかららしい。何かしらミランの体に術を施したらしいが、それは識王の命令によって既に解かれている。

ヤンはそのまま、理由を話し始めた。

「その男は大事な餌です」

ヤンの言葉を、識王が即座に否定する。

「フン、餌だと？　むしろ黒竜を撃退するような奴を呼び寄せるんなら、ここに滞在してもらうことにデメリットしかねぇだろ？　個人的には楽しませてもらったけどよ」

「いえいえ、それほどの強者、叩ける時に叩いておかないと後々苦労しますよ。二十年前、クワトロ・ヴォルスに戦況を引っくり返されたのを覚えておいででしょう？」

「フン、見たように言うんじゃねぇ。あいつは別格だ。邪神討伐のパーティにも、あれほどの男はいなかった」

「だからこそ、私と手を組んで、確実な形で王国に復讐を果たそうとしたのでしょう？　もしクワトロが参戦したとしても……確実に討つために。それに、今更この男を返したとして、黒竜から王都を守るほどの男、敵対する可能性は高いと思いますよ？　なら、最悪人質は用意した方がいいんじゃないですか？」

「……」

二人の様子を見て、全て知らないまでも、ミランはシダーガの復讐心を利用して焚《た》き付けたのがヤンであることを理解した。このままここを辞していいものか考えた末、ミランは、

「いいよシダーガ。俺も付いていく……。いよいよとなったら、逃げちまうけどな？」

「そうか、すまない。何かあっても、ミラン、お前を無事に返すことだけは約束しよう」

申し訳なさそうなシダーガを見て、ミランも謝るべき人間を思い出した。

（ガンツすまん。心配掛けるな。だけどなぁ、こいつを放っておけないんだ）

何より、ヤンの言う『クワトロを確実に討つ』方法が気になる。もし、ガンツがピッケルに依頼していたとすれば、彼が危険に晒される。ここは自分が、中から策を見切るべきだ。ミランはそう考えていた。

一人の兵士が識王の元に駆け寄り、報告を始めた。

「進軍の準備が整いました」

「そうか、わかった。予定通り、まずはピオルネ村へと向かう」

聞いたことのない村だった。ミランの疑問を汲んだのか、シダーガが説明してくれる。

「イブロンティアとエンダムの間の緩衝地帯にある村だ。亜麻と、それを加工した糸が名産でな、繊維を加工する水が大量に必要なため、水源近くに作られている村だ。軍も、拠点では大量の水を確保をしないといけないからな、まずはそこを占領し、エンダム攻略の足がかりにする」

「なるほど」

「出発は明日だ、それまでに準備してくれ」

それだけ告げると、シダーガ自身も準備があるのだろう、背を向けて歩き出した。

こうしてミランは、識王軍と行動を共にすることになった。


エンダムの市場で、肩を落として歩く父娘《おやこ》がいた。二人は村を代表して、亜麻糸や布を卸しに来たのだが、当初は高騰していると言う糸の買い取り額を聞いて大喜びしたものの、肝心の食料はそれ以上に値上がりしているとのことで、こうして落ち込んでいるというわけだ。本来なら片道二日、往復で四日ほどかかる村からエンダムへの卸し兼買い出しは、年に一度の楽しみだったが、その興奮も失《う》せてしまった。

村には戦争の報が届くのも遅く、無駄足を踏むのも仕方のないことではあった。予想以上の大金を得はしたが、この市場で買えるだけの物を買ったとしても、村は年を越せず、餓死者が出るのは間違いなかった。それだけならまだしも、村の秩序が崩壊する恐れもあった。

「しょうがないわよお父さん、こうなったら少しでも安く売ってくれる所を探さないとね！」

「……ああ、頑張ろう、ミアーダ」

露骨に落ち込む父を気丈に励ましつつも、ミアーダの気持ちも暗かった。

その後も市場を回るが、どう足掻《あが》いても村人全員を賄えるだけの食料は買えない。仕方なく、一縷《いちる》の望みを懸けて王都へ向かおうにも、村の共有財産である老馬は、負担に耐えきれるかわからなかった。

トボトボと王都側の街道へ向かっていると、ふと、門から凄《すさ》まじい物が入ってきたのが見えた。

それは巨大なリヤカーであった。普段村で使っている物とは比較にならない大きさで、座席や屋根まで備えている。荷台には木箱や袋が大量に積まれていた。

そして父娘の口を開いたまま戻らなくしたのは、そのリヤカーを引く一人の青年の存在であった。

そういえば以前、聞いたことがあった。ミアーダの住む田舎ではほとんど目にしないが、リヤカーや馬車などに魔法具を利用して負担を軽くする物があるらしい。

言葉を失う父娘のそばにリヤカーが近づいてくる。そのまま通り過ぎるのかと思いきや、リヤカーは停車し、引いていた青年が話しかけてきた。

「すみません、市場はどちらでしょうか」

優しそうな顔の青年だ。ミアーダは何故かその時、自分の住む村を救ったという聖人を連想していた。

父が市場への道を案内している間、座席に腰掛ける男女の会話が聞こえてきた。女性は、ミアーダから見れば都会的で美しい人だった。

「いやー、しかしこのリヤカーすげぇな。あっという間に着いたな」

「フェイ、あなた無理やり付いてきたんだから、たまにはピッケルと代わって引っ張りなさいよ」

「だってオレ、竜語使えないもん」

「ちょっと練習すればあなたなら使えそう、ってピッケルも言ってたじゃない」

「……あいつのそういうところ、信じちゃ駄目だぜ、お嬢？」

軽薄そうな男の言葉に、ミアーダはピンときた。やはりこれは『リューゴ』という魔法具を使った、負荷を軽減する機能の付いた物なのだ。

「ありがとうございます」

「いえいえ。しかし、凄い荷物ですね。何を積んできたんですか？」

「旅の荷物もありますが、ほとんどうちの畑で採れた収穫物です。本当は王都で卸す予定だったんですが、エンダムの方が高く卸せると聞いたもので」

「え……これ全部、食料ってことですか？」

「はい、そうですよ」

青年の言葉に、ミアーダは父と顔を見合わせた。これは最後のチャンスかもしれない、と。

「あ、あの、すみません！　ちょっと話を聞いていただけませんか！」

娘の方はミアーダ、父親の方はゼンというその父娘の話は、ミネルバにとって頭の痛くなるものであった。見ず知らずの他人の重い話を聞いたせいでもあるが、一番は、夫が同情のあまり「全部あげますよ！」などと言い出しかねない空気だったからだ。

「餓死なんてとんでもないですよ！　わかりました！　全部譲ります！」

あ、言っちゃった。ミネルバはとうとう頭を抱えた。

顔を輝かせる二人だったが、当然このまま譲るわけにはいかないので、ミネルバは口を挟んだ。

「駄目よピッケル。私も同情はするけど、お義父様との約束があるでしょ」

「でもミネルバ、可哀想だよ、餓死なんて。父さんには俺から説明するから！」

「それだけじゃないわ。彼らは全くのでたらめを言っていて、安く買い上げた荷物を転売する可能性だってあるのよ。あなたの人を疑わないところは好きだけれど、世の中は甘くないの」

「そ、そんなことしません！」

ゼンが必死で否定する。

正直、ミネルバ自身、考えすぎだとは思っている。ゼンの朴訥《ぼくとつ》さは演技では出せないだろうし、人を騙すようにはとても見えない。

だが、往々にして人を騙すのは、そうした『まさかあの人が』という人物なのだ。

父とのやり取りを見て、ミアーダがおずおずといった様子で口を挟んだ。

「あの……もしよろしければ、私たちの村まで来ていただけませんか？　そうすれば、嘘じゃないことはわかっていただけると思います！」

「んー、けど、私たちエンダムでこれを卸したらそのままイブロンティアへ向かうの。寄り道している暇はないわ」

「あ、それなら、うちの村はイブロンティアの方向です。街道からは少し離れますが、それほど大きく日数は変わりません。宿泊施設はありませんが、水が豊富なおかげで、村にある公衆浴場は旅の方々にも喜ばれています。もちろん、お代は頂きません」

ミネルバはまず『お風呂入りたい』と思った。冒険者時代には入浴に拘りはなかったが、嫁いでからは毎日入浴していたため、旅の途中もずっと不満だったのだ。

ミネルバは冷静に考える。イブロンティアに向かうにしても、事前調査は必須だろう。エンダムから何度もイブロンティアへ調査へ向かうのは手間だし、識王軍を刺激しかねない。より近くに、拠点があった方が便利だ。

(あと、お風呂入りたい)

風呂への誘惑と葛藤していると、ゼンが恐る恐る声を掛けてきた。

「あの、すみません」

「ん、どうしたんですか?」

「私たちの方がお願いする立場で申し訳ないのですが、お二人が着ているその服、いえ、お召し物……大変珍しい生地のようなので、先ほどから気になっておりまして……。どんな素材でしょうか?」

「ああ、これは羊毛です。火吹き羊の毛を使っています」

ピッケルが答えると、ゼンは助けを乞《こ》うた時よりも強い勢いで食いついてきた。

「ひっ、火吹き羊!? うわ! 初めて見ました! 不躾《ぶしつけ》ですがちょっと触らせていただいても!?」

「ちょ、ちょっとお父さん!? すみません、うちの村、糸や布の加工が主な仕事だって言いましたけど、うちの父はその中でも『布バカ』って言われるような職人で……」

「おいミアーダ! 父親を布バカ呼ばわりするとはなんだ! 大体お前も大概だろうが! で、すみません、ちょっとばかし服を……」

「もーほんとやめってってばお父さん、恥ずかしいよ」

「何言ってんだ、お前だって気になるだろ!?」

「ぶっちゃけ、とっくにめちゃくちゃ気になってたわよ! でも今はそれどころじゃないでしょ!?」

(何これ)

急に親子喧嘩《げんか》を始めた二人にミネルバが呆れていると、ピッケルがリヤカーの荷台に向かい、革のバッグから一枚の布を取り出し、戻ってきて親子へと差し出した。

「あ、良かったらこれ、差し上げますよ」

「お、これは服と同じ素材で作ったハンカチですな！　どれどれ……ぎゃー！　なんじゃこの手触りは――――！　おい！　ミアーダ、触ってみろ！　ほら！」

「もーやめてってばお父さん！　わかったから、わかったから……ぎゃー！　何この手触り！　素材の良さはもちろん、繊維の一本一本まで、長持ちさせる加工を施した丁寧な仕事を感じさせつつも、触れた際の手汗の乾き具合から、ハンカチ本来の目的である吸水性も妥協していないことがすぐに伝わる、至高の一品と呼ぶに相応しい代物じゃない！　手にしただけで王侯貴族の淑女が、侍女に差し出した手を、このハンカチで丁寧に拭かれている姿が思い浮かぶようだわ！　熟練の職人が、最高の素材と奇跡的な出会いを果たして、生涯にただ一枚作り上げられるかどうかという正に国宝クラスのハンカチ！　こんな物畏《おそ》れ多くて頂けないです！」

　異様な早口でまくし立てたミアーダにハンカチを突き返されたピッケルは、

「あ、まだ予備が三十枚くらいあるんで大丈夫だよ。母の手作りだけど、多めに持たせてくれたみたいでちょっと邪魔だったんだよね。母には言えないんだけど」

「こ、こんな物が三十枚も!?　きちんとした所に卸せば、大金が稼げますよ!?　ほ、本当に頂いても!?」

「あ、うん……いいよ」

　ミアーダの勢いに、珍しくピッケルがたじろぐ。

「お父さん！　思わぬ所で家宝ゲットしちゃったよ⁉」

「ああ！　母さんも驚くぞ！　末代まで伝えよう！　額縁を買わないと、額縁を！」

「荷物、譲ってもいいんじゃない？　悪い人たちじゃなさそうだよ」

ピッケルが耳打ちしてきたので、ミネルバも同意した。黙っていればいいものを口に出してしまう辺り、悪人とは思えない。

なお、試しにハンカチを十枚ほど専門店に卸してみると、二千五百ゴートになった。その際の父娘の交渉術を見て、ミネルバは特定分野の専門家には敵わないことを痛感した。

協力のお礼として、二人の言い値で食料品を譲り、大量のそれを村へ運搬することとなった。

「じゃあ、村へ向かおうか。村の名前は？」

「はい、ピオルネ村です！　歓迎しますよ！」

一行が出発しようとした時、多数の騎兵を引き連れた一団が道を行進しているのが目に入った。

「本当に、戦争になっちゃうのかな……」

道行く兵隊を眺めながら、ミアーダが不安そうにつぶやいた。


エンダム防衛の責任者は、部下の報告に耳を傾けていた。

「識王軍が動いたか」

「はい、斥候《せっこう》がイブロンティアからの移動を確認しています。進軍ルートを考えれば、この辺りに軍を駐留させる腹積もりかと」

部下がそう言って、地図の一点を指した。

「水源を押さえて、長期戦の構え、ということか……」

「恐らく」

前回の戦争、エンダムは陥落寸前だった。辺境で長らく戦争に従事し、鍛え上げられた識王軍と違い、長く平和を享受していた王国軍では、兵の質に圧倒的な差があった。相手もその部分を侮っていたのだろう、前回はイブロンティアから直接エンダムへと侵攻してきた。

本来有利な防衛戦だが、識王も含め、強力な魔法の術者が揃っている識王軍相手では定石《じょうせき》は当てはまらない。相手は、一夜で砦《とりで》を破壊し尽くしてしまう者たちなのだ。

その識王が、まずは水源の確保に動いた、ということに今回の戦争に対しての本気度を感じる。

「この水源の確保を阻止する」

「しかし、ここには小さな村がありますが……」

「仕方あるまい。残念だが、個人の感傷を持ち出して勝てる相手ではないのだ」

近く、地図から消えるであろう村を思いながらも、彼は努めて感情を出さぬよう告げた。


「あそこが私たちの村、ピオルネです！」

荷台に座るミアーダが指をさしながら言った。ピッケルがミアーダたちの老馬を気遣い、荷台に乗せてくれたのだが、重量が増えても『リューゴ』という魔法具は軽々と運搬できるようだった。

しかし、

「どうする？　なんなら先に全力で向かう？　道案内ならミアーダがしてくれるだろうし」

「そんなことしたらきっと気絶しちゃって、道案内どころじゃないわ。ゆっくり行きましょう」

というピッケルたちのやり取りから、全力で引くのはそれなりの負担が掛かるものなのだと、ミアーダは推察した。彼らの優しさに、改めて感動させられる。

彼らは、家族でささやかに農業を営んでいる、と言っていたが、立ち居振る舞いや所持品から、そうでないことはミアーダにもわかった。聡明なミネルバと、その優しい夫ピッケル。彼らの持つリヤカーや、高級素材である火吹き羊から刈った毛で作った衣類などから考えると、恐らく彼らは火吹き羊を飼い慣らす技術や魔法具を手に入れる方法を持つ、凄い農家なのだ、というのがミアーダの結論であった。

今度、火吹き羊を手懐けるコツを聞いてみよう、そう考えていると、ピッケルが声を上げた。

「あれは……小麦？　でも、こんな時期に、まだ若いけど……」

「はい。あれは、秋蒔《ま》きの小麦です。うちの村では秋蒔き小麦を育てて、春に収穫してます。夏の間は亜麻の作業で特に忙しいので」

「ああ、そうか！　本で読んだことがあったけど、あれがそうなんだ。確か、冬の間は雪の下で育つんだよね？　うわー、見れて嬉しいな」

無邪気に喜ぶピッケルであったが、ミアーダは庶民がおいそれと手にできない本を所持し、さらに字も読めるというピッケルに対して、ますます尊敬の念を深めた。ここ一年ほど、同年代の人間と会話していなかったミアーダは、新鮮な気分から心中を打ち明けた。

「私、この秋蒔きの小麦が好きです。村での生活は楽とは言えませんが、どんな困難があっても、この麦たちみたいに雪の下で耐えれば、きっと雪解けの春が来る、つらいことを耐えれば、きっといいことがあるって思えます」

「お、いいこと言うねぇ！　オレも見習わねぇとな！」

ピッケルに言ったつもりだったが、後ろからフェイが口を挟んできた。彼の軽薄な感じが、なんとなくミアーダは苦手だった。

だが、この出会いはきっと、村で信仰される聖人の思《おぼ》し召しだろうと思い、ミアーダは心中で感謝を捧げた。


食料品を各家庭に分配したあと、ミアーダはピッケルたちを家に招待した。家には製糸作業場が併設されており、そこには大人数で食事できるテーブルもあるのだ。

ミアーダが母と料理していると、ミネルバが手伝いを申し出てくれた。最初は遠慮したものの、彼女が見せる料理の腕前に二人して感心させられ、食卓はより華やかなものとなった。

食事の前に、ミアーダたち一家は祈りを捧げる。ピッケルたちもそれを真似《まね》した。

「聖人様、あなたのおかげで今日の糧を得ることができました。今後も私たちの村を見守ってください」

祈りが終わると、ガンツは興味深げに聞いた。

「神に祈りを捧げるのはよく聞くが、聖人に祈るのは珍しいな」

「はい。この村で信仰している聖人様なのですが……」

ゼンは、村の起源となる昔話を始めた。昔、この村を襲った凶悪なモンスターを、たまたま居合わせた聖人が足踏み一つで追い払ったという、ミアーダには聞き慣れた話だ。

「へぇー、足踏み一つでねぇ」

フェイの大げさなリアクションに、ミアーダは肩を竦めた。

「もちろん、多少誇張して伝わってると思いますけど」

「いやいや、俺は信じるよミアーダちゃん！　もしここにモンスターが襲ってきたら、俺が足踏み一つで追い返してやるよ！」

そう言ってなれなれしく、肩に手を乗せてきた。やっぱりこの人、苦手だ、とミアーダは改めて思った。

「その聖人の名前はなんていうの？」

「はい、ピオレ様です。珍しい名前なので、この辺りの方ではないのでしょう」

ミネルバの質問に父が答えると、ピッケルが驚いた表情になった。

「へぇー、奇遇だなぁ」

「そうですね、ピッケルさんも名前の最初に『ピ』が付きますもんね！　ピッケルさんたちのおかげでこの村は助かりました、凄い偶然です！」

ミアーダが言うと、ピッケルは少し考えたあとで返事をしてきた。

「あ、うん、そうだね、でも助けただなんて大げさだよ」

「そんなことありませんよ！　本当に感謝してます」

　ピッケルはむず痒そうに謙遜していたが、ミアーダにとっては本心であった。

「へえー、どんなお風呂かと思ったけど、立派ね！」

　ミアーダと一緒に公衆浴場を訪れたミネルバは、想像以上の立派さに感心の声を上げた。ミアーダが生まれるよりも前、村人が共同出資して湯沸かしの魔法具を購入したことで建てられた、何もない村の唯一の自慢なのだ。

　服を脱いだミネルバを見たミアーダは、彼女のほとんど日焼けのない綺麗な肌に驚いた。

「ミネルバさんって、農作業をしないんですか？」

「ミネルバでいいわ。歳《とし》も変わらなさそうだから、敬語もやめて。肌は、クリームを塗っているからほとんど日焼けしないのよ。持ってきてたら、分けてあげられたんだけど」

　農作業に、肌を保護するクリームを塗って出ると言うミネルバに、ミアーダは驚いた。

　彼女は人の上に立つような貫禄がある。とても同年代には見えない。それを伝えると、ミネルバは「少しだけそういう経験もあるわね」と笑った。ついでに、気になっていたことを聞いてみる。

「火吹き羊の毛って刈るの大変じゃない？　暴れるし、凄く大きいんだよね。絞めてから刈るの？」

「普通はそうだと思うけど、大人しくさせる方法があって、その間に急いで刈っちゃうのよ。しばらくして毛が伸びたらまた同じように。最初は私も驚いたけど、今は慣れたわ」

「なるほどー……」

　やはり、彼らは火吹き羊を飼育しているのだろう。大人しくさせる方法とはなんだろうか？　ミアーダは、火吹き羊の頭を撫《な》でるミネルバを想像していた。

しばし湯を楽しんでいると、ミネルバが突然、質問してきた。

「ミアーダは結婚しないの？」

「私？　……一年ちょっと前まで、結婚すると思ってた同い年の子がいたんだけどね。彼は『俺はこんな村にずっといられない！』って、出ていっちゃった。この村は他には、既婚者か、お年寄りや子供しかいないから。私にもピッケルさんみたいな人がいればいいんだけどな」

「残念ね、ミアーダ。それは無理な話よ」

「え？　どうして？」

「あんないい男、二人といないから」

湯のおかげか、照れているのか、頬を紅潮させたミネルバがはにかむようにそう言った。


「ピオルネ村が戦場になる!?」

一年半前、自分が飛び出した村の名前を聞き、若い兵士が狼狽した。

「ああ。明日の朝出発だし、明後日には着くだろうな。識王軍も既に向かっているらしい。そういやお前、あの村の出身だったよな？」

一年半前、彼は名を上げて、想いを寄せていた少女を迎えたいと思い、王都へ登った。王都で冒険者になって身を立てようと思っていたのだが、たまたま襲来した黒竜に、立ち向かうことができなかった。そんな黒竜を、一人の男があっさりと撃退してしまった。遠目で顔はよく見えないながらも、自分とそう歳の変わらないであろう男が。

自分はあんな風になれない。そんな諦めから兵士になっていたのだが、戦争という、武功を立てるチャンスが巡ってきた。だが、村が巻き込まれてしまっては……。

だが、そんな彼の葛藤を見抜いたのか、先輩兵士は呆れたように言った。

「あのなぁ、後悔してまで偉くなってもしょうがねぇだろ。偉くなるってのは大事なものを切り捨てることじゃない。大事なものを当たり前に大事にする方がよっぽど偉いだろうが」

正論に、若い兵士は黙ってしまう。

「今すぐ向かえば、村人を避難させるのも間に合うかもしれねぇぜ。お前がその女も、村も大事じゃないって言うんなら別にいいけどよ」

そう言って先輩兵士はそっぽを向いてしまった。

若い兵士の答えは、もう既に決まっていた。

ピオルネ村での滞在三日目。イブロンティア周辺の調査について話し合っている一行だったが、フェイが「オレがヤンと接触してくる」と申し出た。

ミネルバとしてはまだフェイを信用しきれていないが、疑いすぎてもキリがないため、任せることにした。

「可能ならミランさんを連れ帰ってくるから、みんなは待っていてくれ」

ミランさえ戻れば目的は達成される。唯一、懸念があるとすればヤンがミランに施したという術だが、フェイによればそれは相手の『力』を乱す技で、彼やピッケルの使う技とも同じものであるため、彼らなら治せるだろうとのことだった。

フェイの裏切りも考えられなくもないが、どのみち戻るまでの間はやることがない。数年ぶりのゆっくりとした時間を、ミネルバは味わっていた。

ミネルバは外へ出て、村の公衆浴場へ向かおうと思い立った。

清々しい空気を堪能していると、村人が集まっているのが見えた。なんだろうと思い、近づいて後ろから覗《のぞ》いてみると、若い男が地面に這いつくばって荒い息を吐いていた。

「デリック、嘘でしょ⁉ こんな村が……久々に帰ってきておいて、からかっているならやめて！」

先日、ミアーダから聞いた村を飛び出したという男のことを思い出す。どうやらデリックという名前のこの男がそうらしい。ただならぬ雰囲気に、ミネルバは聞き耳を立てた。

「嘘じゃねぇよ、もうすぐそばまで来てるんだ！」

「そんな……」

デリックの態度は何かから逃げているようだ、とミネルバは推測した。もしそれが、自分の身から出た錆《さび》であるのなら、甘やかさず断るべきだ。お節介を焼こうとミネルバが歩み出ると、ミアーダと目が合った。彼女は泣きそうな、切羽詰まった顔で言った。

「ミネルバ……どうしよう、村が戦場になっちゃう！」

「……えっ？」


「よお、ヤン」

「これは兄さん、ご無沙汰しています」

進軍を止めて休憩している識王軍の本隊。その最奥《さいおう》にいる、識王とヤンの元へフェイはふらりと現れた。フェイに気づいた周囲の兵たちが殺気立つのを感じ、フェイは肩を竦める。

識王とは面識がないが、悠々とした態度は威圧感があった。周囲の護衛も、フェイからすれば雑魚《ざこ》ではあるが、一般的に見ればかなりの腕前といえる。ついでに、識王の隣にはミランもいた。

「フェイ！　お前なんで……兄さんってどういうことだ？」

「ミランさん、迎えに来ましたよ。あれ？　意外と元気そうですね。ちょっと太りました？」

「んなわけねぇだろうが……」

軽口を叩くフェイに、ミランは驚きを隠せない様子だった。どこかに拘束されていると思っていたので、ここにいるならば話が早くて済む。聴覚に『力』を集中させてミランの心音を聞くと、術も解かれていることがわかった。これで懸念事項もなくなった。

「来客の報告は聞いてねぇんだけどな」

シダーガが面白くなさそうに呟く。見張りの怠慢だと思っているのだろう。

「すみませんね、突然お邪魔しちゃって。見張りなら、あっちで寝てますよ」

ふん、と鼻を鳴らすシダーガに、ヤンが説明を挟んだ。

「識王様。この男は私と同じ【四矛四盾】の一人、【二盾】のフェイです。残念ながら、この軍に止められる者はいないでしょう」

「フェイが、【四矛四盾】!?」

初耳のミランはともかく、義兄弟であるヤンまで他人行儀な態度であることにフェイは違和感を持った。フェイの記憶によれば、ヤンはフェイより才覚に劣り、対面してもどこか畏れや劣等感を抱いているような雰囲気を持っていたはずだ。ところが、今は堂々たる余裕すら感じる。

「で、兄さんは何をしに来たんですか？　もしかして共闘の申し出でも？　なら、不要です。ティーファが来ますので、手助けは彼女一人で十分です」

「げっ、ティーファだと……」

【三矛】のティーファ。黒竜を王国へ追い立てるほどの腕を持つ女性だが、フェイは彼女を『アホ女』と称して憚《はばか》らなかった。ヤンに恋慕の情を懐《いだ》いているのはフェイも知るところであり、王国襲撃の折も顔を合わせた際に何やら言ってきたのを全て聞き流していたが、恐らくヤンに利用されたことも知らず、得意げに自身の功績を語っていたのだろう。

だが、警戒はしなければならない。阿呆《あほう》でも、【三矛】なのだ。

「ふん、そのつもりはない。ピッケルはお前らが束になっても勝てる相手じゃねぇぞ？　オレを含めてもな」

「そのピッケルとやらに何かされたんですか？　随分と弱気ですね。だったら本当に何をしに？」

「とぼけるな、わかっているだろう。お前、何を勝手にあれこれ動いてるんだ？」

「え？　私たちの目的は決まっているでしょう？　私は黄竜の意思に従ってるだけですよ。お言葉を賜らずとも、相手の意を汲んで動く、それくらいの気遣いはしないと」

明らかにこちらをからかうような態度に、少しフェイは苛立ちを覚えた。

「そうか、ちゃんと話す気はなさそうだな」

「やだなぁ、話してるじゃないですか。兄さんは昔からそうだ、私のことなんて知ろうとしないし、聞こうともしない、そんなところが……」

特に、その瞬間、なんの気の乱れも感じなかった。にも拘らず、

「昔から、嫌いでしたよ。薄汚い、スリの息子め」

気が付けば、声は眼前で聞こえた。凄まじい速度で、間合いを詰められた、というのはわかった。それと共に感じる攻撃の気配。技を合わせることもできずに、腹部に痛みが走る。体を捻《ひね》り、かろうじて急所は外した、だが、深手だ。

馬鹿な、という思考が脳内を支配する。当然戦闘になることも想定していた。隙を見せた覚えもない。だが、フェイの警戒を超えて、ヤンはいともたやすく攻撃を通してきた。

「流石。殺せたと思ったけどな。でも、殺しちゃったら父さんに怒られるから、死なないでよね」

中段突きから残心しつつ、ヤンが朗らかに言い放った。そこで、フェイは違和感を覚えた。

基本に忠実なはずのヤンの型が、自分や師にしかわからない程度に、ほんのわずか歪《ゆが》んでいる。

これでは『力』の全てを相手に伝えることなどできないはずだが、異常に強力な攻撃だ。

可能性はある。多少逃げようが、ヤンの全力以上を発揮できる『力』が内包されていたとしたら。

識王、そしてミランが目に入り、フェイは、

（そうか、そういうことか……）

と、答えを得ながらも意識を途絶えさせた。


「こいつはどうするんだ？」

「『縛術《ばくじゅつ》』……わかりやすく言えば、拘束の術を掛けます。自力で破るにしても五日は保《も》つかと」

ヤンは、倒れ伏した義兄を見下ろしながら、胸中は晴れやかであった。

（どうだい、兄さん。まさか卑怯だとか言わないよね？　戦いにおいて、使えるものはなんでも利用する。『仙家』なら当然でしょ？）

十一年前、この男のせいで全てが狂った。才に恵まれ、凡人である自分に見向きもしない、こんな男を探すために父は一年も彷徨《さまよ》い歩いた。

【二矛】に任命された日もそうだ。ヤンの欲しかった父からの称賛は得られず、代わりに、『フェイがいないんだ。当然だろう。あいつが戻れば入れ替わるだけの肩書で自惚《うぬぼ》れるな』

そんな、冷水を浴びせるような言葉だけであった。

だが、それももうすぐ変わる。人質を取ってまで呼び寄せた『贄《にえ》』がいれば……。

苦い思い出に浸っていると、識王配下である『遠視《とおみ》のグラッガ』が報告に来た。彼は光魔法の使い手で、本来見えない地平線の彼方すらも見通せるのだ。

「識王様。王国軍がピオルネ村に向かっています。どうやら、騎馬隊を先行させているようです」

「わかった。こちらも本隊はここに残し、騎馬隊を先行させ、先に村を押さえろ」

識王の命令は魔法によってすぐに伝達され、それに伴い、騎馬隊が陣地を出立した。


村長の決定により、戦場になる前に村を放棄することに決まったピオルネ村は、慌ただしいムードになっていた。

ピッケルはその決定に思うところがあったが、ミネルバからは口出しをしないよう釘を刺された。ただ、でき得る限りの協力はしようということで、夫婦の意見は一致した。

先に老人や子供を中心にしてエンダムへ逃げ、ミネルバとガンツが護衛として同行することとなった。その間に、ピッケルは物資をリヤカーへ積み、残る村人たちと共に先行した者たちを追うことを計画していた。

ミネルバは、愛用のショートソードをリヤカーから取り出し、腰へ着けた。既に鎧は処分していたが、冒険者時代に戻ったような気持ちになった。

「ピッケル、あなたがいれば大丈夫だと思うけど……気を付けてね」

「ああ、心配いらないよ。エンダムで落ち合おう。ガンツさん、ミネルバをよろしくお願いします」

「ああ、任せろ。しかしすまない、俺の依頼のせいでとんでもないことに……」

「ガンツさんのせいじゃないですよ」

別れを惜しんでいる暇などなく、ミネルバたちは旅立った。

ピッケルは、残った村人たちの悲壮感漂う様子に、心中穏やかではいられなかった。

自分にできることは他にないか。そう、何度も自問した。ミネルバの言うことは正論であると思う。たまたま立ち寄っただけの自分が、彼らの生活に深く介入してはならない。

だが、畑を捨てることなど、もしも自分であったらできるだろうか。

『自分の道を探せ』とクワトロは言った。けれど今の未熟な自分では、答えは出せないでいた。できるのはせめて、村人たちの選択を尊重することだけだ。そう考え、荷物の積載を続けようとした、その時であった。

ドドドドドドド……。

多数の生き物が走る音。村を囲むように、東西から響くそれに、ピッケルは叫んだ。

「みんな！　俺のリヤカーに乗れ！　早く！」

ピッケルの大声に驚いたミアーダは、作業の手を止めて広場へやってきた。ピッケルは、地平線を眺めるようにして真っ直ぐ立っている。

「もう、すぐそこまで来ている。たくさんの馬が走っている音が聞こえる」

「何も聞こえないけど……気のせいじゃないの？」

「いや、間違いない。早くするんだ！」

ミアーダも耳を澄ませてみるが、ピッケルの言うような音は聞こえない。風や鳥の声がするだけだ。もしや、臆病風に吹かれたのではないか、とミアーダはピッケルを見た。それは仕方がない。

どれだけ体が大きくても、軍隊を相手にできるわけではないのだ。これから命を落とすかもしれないとわかって、怖くない方がおかしいだろう。

ミアーダは軽蔑などせず、ピッケルを励ますように、

「ごめんなさい、ピッケルさん、まだ持ち出さないといけない荷物があるの、もうちょっと待って——

——」

そう言いかけた時だった。

ピッケルの視線の先、地平線に、靄《もや》が掛かっているのが見えた。否、それは天に立ち上る土埃《つちぼこり》だ。

それを視認した時、突然、耳が地鳴りのような音を捉えた。

馬の蹄《ひづめ》の音だ。それも一頭ではない。大量の騎馬隊が、こちらへ向かっているのが見えた。

急に体の震えが始まる。動けないでいると、

「俺のリヤカーなら走るより速い！　早く乗るんだ！」

ピッケルの再度の叫びにミアーダは我を取り戻した。声を契機に他の村人たちも集まる。もう荷物は集められない。今はただ、命のためにこのリヤカーの速さを信じるしかない。みんなで身を寄せ合って荷台に乗り込む。

「ピオレ様……私たちをお守りください……」

誰かの呟きが波及したように、村人たちは口々に祈りを捧げ始め、やがては聖人の名をひたすら呼び出した。ピオレ様、ピオレ様、とか細い声で合唱する村人たちは、迫る恐怖に震えていた。

最後の一人が乗り込んだのを見て、ミアーダが叫ぶ。

「ピッケルさん、早く、リヤカーを動かして！」

ミアーダの叫びにしかし、ピッケルは振り向いて聞いた。

「ミアーダ。本当にいいのか？　村を捨てても」

そう言われた瞬間、ミアーダの中に怒りに似た感情が湧き起こった。

「仕方ないじゃないですか！　どうしろって言うの!?　これは、きっと試練です！　秋蒔きの小麦が雪の下で耐えるのと同じ、試練なんです！　生き延びてこそじゃないですか！」

音はどんどん迫ってくる。それに負けないような大声で、ミアーダはピッケルに感情をぶつけた。

それを聞いてなお、ピッケルは穏やかな様子で言った。

「ごめん、聞き方が悪かった。だけどね、ミアーダ。試練に耐えることと、理不尽に膝を屈するのは違う。これは試練なんかじゃない。単なる理不尽だ。村を救いたくはないのか？　あの小麦の、育った姿を見たいとは思わないか？」

早く出発を、と叫びたかった。けれど、ミアーダの口から出たのは別の、弱々しい言葉だった。

「救いたいに……見たいに決まってます！　でも……！」

ミアーダの言葉に、ピッケルはにっこりと笑った。背後から迫る、嵐のような光景には似つかわしくない、穏やかで優しい笑みだった。

「そうか。なら、これはたぶん、今まで祈りを捧げてくれた君たちのため、ご先祖様が俺を呼んだんだね。勝手なことをすればミネルバに怒られそうだけれど、ご先祖様の意思は守らないとね」

ピッケルが振り向いたあと、低く唸るような、不気味な音が聞こえた。

すると、なんと乗っていたリヤカーが宙に浮いた。不思議な浮遊感に、荷台の村人たちが悲鳴を上げる。

「え、えええええっ⁉」

ミアーダもまた悲鳴を上げ、目を閉じようとした時。ピッケルが、右脚を上げたのが見えた。

ダンッ‼

ピッケルが右脚を振り下ろして響いた轟音に、村人たちは耳を塞いだ。

恐る恐る目を開け、耳を塞いでいた手を離すと、何故か何も音がしなかった。耳がおかしくなったのだろうか、と思ったが、目が慣れた時、そうではないことがわかった。

迫っていた騎兵隊が全員、馬ごと地に倒れ伏している。困惑で周囲を見回す村人たちは、唯一大地に立つ男を見た。

冬に備えて根を張って立つ、強い秋蒔きの小麦のように、ピッケルだけが悠然と立っていた。


グラッガは、自軍に起こった異変に狼狽し、声を荒らげながら報告した。

「識王様！　わ、我が軍の騎兵が……いや、それだけでなく、王国軍の騎兵までも、壊滅しました！」

「なんだと⁉　どういうことだ！」

「二十年前と同じです……。優位だったはずの戦況を覆されたあの時と……！」

混乱する識王軍の中で、ヤンだけは他の者には気が付かないほど微《かす》かな地の揺れを感じ、笑みを浮かべた。目的の人物は間違いなく村にいる。

「識王様、慌てることはありません。クワトロ・ヴォルスか、もしくは私が呼び寄せた男の仕業でしょう。戦況が膠着《こうちゃく》する前の、開戦直後なら好都合ではありませんか。手筈《てはず》通りに行うだけです」

「……ちっ、結局、お前に頼るしかないのか」

忌々しげに吐き捨て、シダーガは呪文の詠唱を開始した。程なくして、ヤンの体に力が漲《みなぎ》ってくる。これこそが識王軍を無敵たらしめている、識王の強化魔法だ。

フェイで試した結果、識王の強化魔法は本物だと判断した。邪神討伐時は詠唱を継続しなければならなかったその魔法も、力が磨かれた今、杖を持っている間だけとはいえ詠唱を止めても長時間効果が継続するようになっている。対象を絞れば、さらに効果は絶大なものとなる。

これこそが自分たちの目指す到達点、【仙人】の視点なのだろう、とヤンは確信した。

何より素晴らしいのが、強化状態で得た経験は、魔法が解けても修練の効率化に役立てられるということだ。ヤンの成長速度は爆発的に向上していた。

「では私が、識王様の敵を打ち払ってまいります」

恭しく頭を下げつつ、ヤンは心中でほくそ笑んだ。識王のことを、無下にするつもりはない。この男を上手く利用し続ければ、この先も自分は最強でいられるのだから。


（やっぱり、こうなっちゃったかあ）

恐らくピッケルの『震脚』が発したであろう音を耳にして、ミネルバはがっかり半分のため息をついた。夫を戦争に巻き込ませまいとした自分の気遣いは、逆効果だったようだ。

ピッケルなら軍隊程度、どうとでもなるだろうとは思うのだが、それをしてしまえば彼もまた戦争の当事者になってしまう。村を守っても、戦争は終わらない。なら、ピッケルはいつまで滞在すればいいのか、それが問題になる。

もちろんミネルバとて冷徹に村を切り捨てたわけではない。できることなら助けたい。しかし、いつ終わるともしれない戦争には、関わりたくはなかった。

しかし、ピッケルが村を守ることを選んだと知り、ミネルバもまた心が軽くなっていることに気が付いた。きっと自分も、どこかで罪悪感に苦しんでいたのだろう。いつだってピッケルの選択は、ミネルバの心を晴らしてくれる。だからミネルバは、彼の選択を尊重した。

と、そこで。ミネルバは自分たちを見る気配に気づいた。ヴォルス家で過ごすことで自然と培われた索敵能力が、以前なら捉えられなかったであろう、巧妙な気配を察知していた。

「ねえ、ガンツ。先に村の人たちと一緒に、村へ戻ってくれない？」

「なんだって⁉　だって村は……」

「大丈夫よ。ピッケルが、村を守ることを選んだから」

納得のいかない様子のガンツだったが、ミネルバの態度に「わかったよ……」と折れた。

言っては悪いが、彼は足手まといになりかねない。ならば道中の護衛に専念してもらった方がいい。説明してる暇もないので、ミネルバはガンツに後事を託して集団を離れた。

気配が追ってくるのを確認しながら、ミネルバは走る。どうやら村人たちの方を襲うつもりはないらしい。そこは安心できたが、問題は、間違いなく相手の方が圧倒的に強いとわかってしまった、ということだ。

これも、ヴォルス家で磨かれた能力の、弊害《へいがい》であろう。

開けた場所で立ち止まり、

「もういいかしら？　鬼ごっこは」

と追跡者へ声を掛ける。

すると、紺の衣をまとった、とても戦いに向いているとは思えないひらひらした服の女が現れた。

（紺の衣……これが【四矛四盾】のヤン？　女じゃない……）

「へえ。ダンナに頼りっきりで、虎の威を借る女狐ちゃんかと思ってたけど……気概あるじゃなーい。いがーい」

ミネルバはからかうような態度の女の顔を見て、衝撃を受けた。

（この女……理想の垂れ目だ！）

ミネルバは、自分のキツい目がコンプレックスであった。常日頃、目の前の女のような垂れ目になりたいと思っていたのだ。……と、ミネルバは我に返った。今はそんなことを考えている場合ではない。

女は強者の気配を放っているが、それ以上に、発言の端々や立ち居振る舞いから、端的に言って、あまり頭が良くないように見えた。

「なんの用かしら」

「えっとね、ティーファね、ヤン様のことが好きなの」

そして印象通り、色々と緩い女だと確信する。

「いいわね、応援するわ」

心にもないことを返しながら、ミネルバは心の中で打開策を探す。

「ほんとぉ？　ありがとうー！　で、万が一にもヤン様が、あなたの旦那なんかに負けたりすることないと思うんだけど、念のため、あなたをこっちで捕まえておこうと思って！　あなたたち夫婦、ずっと一緒にいるからなかなかチャンスなかったんだけどね！」

「好きな男のために頑張ってるのね、偉いわ、見習わなくっちゃ」

べらべらと聞かれてもないことを喋り続けるティーファに辟易《へきえき》しつつ、ミネルバはなるべく会話を引き延ばせないかと適当に相槌《あいづち》を打っていた。現状、彼女を独力でどうこうできるはずもない。ならばピッケルか、フェイが助けに来てくれるのを期待するほかないのだ。

考えていると、唐突にティーファが指さしてきた。

「で、どっち？」

「どっちって？」

あえて聞き返すことで時間を稼ごうとすると、途端にティーファが不機嫌そうな表情になった。

「だからぁー、わかるでしょ？　連れてく時に抵抗されたら面倒だから、利き手折っておきたいんだけど、どっちって聞いてるの」

「なっ……!?」

わかるか！　と叫びそうになるのを堪《こら》える。どうせ折られるのであれば、支障の少ない方を……と考え、左手だと答えようとした瞬間、

「いっかぁ、両方で！」

とティーファが一瞬で距離を詰めてきた。

――このアホ女！

そう罵《ののし》ってやりたいが、ティーファの動きが速すぎて口を開くことさえできない。ティーファの貫手が、何故か腕ではなく、ミネルバの胸元へ突き込まれるのが見えた。

（いや、手を折るんじゃ――――!?）

どこまでアホなの、と思いつつも、明確な死の予感に硬直していると。

ぽよよんっ。

そう、音がしたわけではないが、たとえるならそのような感じでティーファが吹き飛んだ。宙に投げ出されつつも、空中で回転して足から着地したティーファが、周囲を見回す。

「え、なになに？」

阿呆ではあるが、決して一人芝居をしているわけではないらしい。

困惑するミネルバの頭の中に、聞き覚えのある声が響く。

『掲げよ』

短い要求。何を掲げろというのか、と迷っていると、

『旅立つ前に、お主に渡したであろう』

と、声が促した。旅立つ前に渡された物。それに思い至り、ミネルバは懐から白竜の鱗を取り出した。鱗を頭上へ掲げる。すると、鱗が輝きを放ち始めた。

複雑な紋様が鱗から放射されていく。未知のそれからは、確かな力を感じられた。大量の紋様がさらに複雑な陣を形成し、またも声が響いた。

『古代魔法の一種、召喚陣だ。我が分体をそちらに送還する』

やがて紋様は一点へ収束し、そして――。

「ふっふっふ……。魔族の王よ、今まで上手く隠蔽してくれておったが、流石にこの近さであれば手に取るようにわかるぞ」

「……ハク、よね？」

疑問形になったのは、見慣れた竜が、見慣れない姿でそこにいたからだ。形はまったく変わらないが、普段のハクの五分の一程度の大きさしかない。人間からすれば巨大とはいえ、火吹き羊より一回り大きい程度だ。ハクは自分たちではない誰かに対し独りごちている。

「さて、返してもらうとしようか。ピッケルの嫁よ、我が背に乗れ」

「え？　背中に？」

「さっさとしろ。この分体は、お主に渡した鱗を核としている。お主は従者として付き従う義務があるのだ」

小さくなっても尊大な態度はそのままのハクに苦笑いしていると、ティーファが声を上げた。

「ちょっとちょっと！　逃がすわけないじゃーん！　白竜だかなんだか知りませんけどぉ、私、黒竜も相手にしてるし、こんな子供みたいな竜なんて余裕だよ？」

その言葉は虚勢ではないのだろう。ティーファは堂々とした態度で、挑発的に立ちふさがった。

「確かに、今の我は普段の力からすれば、幼児に等しい」

「認めちゃうんだ？　だったら、さっさと帰ったら？」

「とはいえ、だ」

「えっ」

突然背を向けたハクに、ティーファが声を上げるのと同時、
ビタンッ！

と、尻尾の一撃がティーファを地面に叩き伏せた。半ば地面に埋まって痙攣するティーファに、ハクはフンと鼻を鳴らす。

「お主如きが、普段相手にしている若造と一緒にされるのは、心外ではあるな」

特に、怒りも感じさせず、本当にただ心外だと思っているのであろう口調で、ハクは言った。

ハクが戦う姿は初めて見たが、圧倒的な力だった。王都を襲撃した黒竜よりも数段上の力を感じられる。呆然としていると、ハクは再び、背に乗るよう要求した。

しかし、この女をここに放置しておいてもいいのだろうか。目を覚ませば面倒になりそうだ。今なら、簡単にとどめが刺せる……と、剣に手をやったミネルバだったが、ハクの尾に巻き取られ、無理やり背に乗せられた。

「ちょっと!?」

「そのような道化にかかずらう時間も惜しい、行くぞ。しっかり掴まっておらんと、落ちるぞ」

ハクが竜語を口にすると、体が浮き上がった。

どんどん離れていくティーファに、ミネルバは、

「人質取ってコソコソしてるような相手に、うちの旦那が負けるわけないでしょ！　バーカ！」

と、とどめ代わりの罵声を浴びせるのであった。

識王の陣中からピオルネ村まではそれなりの距離があるが、今のヤンにとっては一足飛びと表現する程度の距離に感じられた。暗くなる前に村へ到着したヤンは、奇妙な光景を目にした。

識王軍、そして王国軍。水源地を奪うために集結した両軍の兵が、村を境に戦意喪失したようにただ待っていた。ヤンは識王軍の武将に出迎えられ、説明を受ける。

「魔法によって報せは受けております、ヤン様、あの化け物をなんとかしてください、あれは、まるで二十年前の……」

武将は体を震わせる。二十年前か、あるいは先ほどの出来事を思い出したのか。どちらにせよ、ヤンにとっては関心の外だ。任せておけと武将の肩を叩いて、ヤンは研ぎ澄まされた感覚を村へ向ける。フェイやハオランなど比較にならない力を、村の中から感じた。

これが恐らく、神人――。

普段のヤンであれば、たとえティーファと合流したとて勝ち目などない。だがしかし、今の自分も【四矛四盾】が束になっても一蹴できる力を得ている。

相手も当然ヤンの気配は感じているだろうが、ヤンはあえて、悠然と入村した。

「君が、ピッケルかい？」

「そうだけど、誰？」

ピッケルは不安げな村人を守るように立っていた。ヤンはほくそ笑む。

「【四矛四盾】の【二矛】、ヤンだ。わざわざ呼び出してごめんね」

あえて名乗りを上げたヤンの言葉を聞いていないように、ピッケルは左右を見渡した。

「ミランさんは？」

一瞬、誰のことを言っているのかわからなかったが、すぐに気が付いた。人質にしたあの男だ。

識王の興味を引いたのは意外な流れだったが、ヤン本人は一切興味がない相手だ。

「あの男は連れてきていないよ」

そう告げると、ピッケルは怪訝そうな表情を浮かべて言った。

「え？　だって俺を連れてきたら返すって、ガンツさんと約束したんだろ？」

ガンツも知らない名前だが、ミランを捕まえた時に一緒にいた冒険者だろう。今の今まで、存在すら忘れていたが。

「ああ、そんな約束したかもね」

「あ、思い出したなら良かった。今はガンツさんいないけど、こうやって俺が来たんだから、約束通りミランさん連れてきて。俺ここで待ってるから。そのうちたぶんガンツさんも戻ってくるよ」

あくまでもとぼけたような態度のピッケルに、ヤンは少々苛立った。人質などとうに用済みであることくらい気が付いているはずだ。それよりも、目の前の強大な相手に注目すべきだろう。

さっさと会話を打ち切って、戦闘に入ることにした。

「うるさいなぁ、どうでもいいでしょ、そんな奴ら。私は約束なんて守る気は最初から……」

「どうでも……いい？」

ヤンが言い終える前に、ピッケルの雰囲気ががらりと変わった。それに伴い、ヤンは自身の肉体に掛かった圧を感じた。

（しまった！　弱体化魔法か⁉）

　強化魔法の逆、弱体化魔法はあとから掛ければ効果を上書きされてしまう。強化魔法の弱点だが、ヤンはしかし、その考えを否定した。弱体化魔法であれば、抵抗の余地があるはずなのだ。一定以上の能力があれば問答無用に弱体効果を押し付けられることはない。

「何お前、嘘ついたの？　ガンツさんはそのために、命を懸けるはめになったんだぞ？」

　一言呟いて、ピッケルは歩き始めた。ただ、歩いただけだ。間合いを詰めたり、出方を見ようなどといった武術的な意図は一切感じない、隙だらけにも見える歩み。

　だが、ヤンは何もできなかった。いや、ピッケルの雰囲気が一変したその瞬間から、何をすることも許されなくなった。今までの修練による積み重ね、経験、そして借り物とはいえ、手に入れた『力』の行使。その全てが——許されない。

　この男から突如として発した『圧』が、許してくれない。

　かつて、武を始めるよりずっと前、幼少の頃にこんな感覚を味わった覚えがある。

　ピッケルは、拳を口の前に構えた。ヤンの知るどの武術にも当てはまらない無骨なそれに、何故か不意に懐かしさのようなものを感じていると、

「はぁぁぁぁ……」

　と、ピッケルは吐息を拳に吹きかけた。

　そして、ヤンは気が付いた。先ほど感じた圧と、懐かしさの正体に。それは、幼少期に父の気を引こうとして、予想以上に怒らせてしまった時の、あの感覚と同じだったのだ。

　つまりピッケルが今行おうとしていることは……。

「こらぁぁあああっ‼」

ゴッ‼

脳天から脊椎《せきつい》を伝って、全身に落雷のような衝撃が走る。同時に、ヤンの体に漲っていた力がフッと消えた。

「見ず知らずの人間にこんな所まで呼び出されて、しかもそれが嘘だなんて、流石に俺も怒るぞ！嘘つきには父さん直伝のゲンコツだ！フェイの弟だから手加減しとくけど、次はないからな！」

ピッケルの怒声に当てられながら、ヤンは耐えきれずに倒れた。

頂きを踏み、全てを見下していたかのような全能感は消え、ヤンの意識は暗転した。


ミネルバを強引に乗せ、ハクはかなりの速度で飛んでいた。高速の乗り物はピッケルのリヤカーで慣れてはいたが、地上を走るリヤカーと違い、ハクは遥か上空を飛んでいる。

下を見るたび恐怖を覚えながら、ミネルバが必死で背に掴まっていると、ハクは急に眼下の軍団に向けて急降下を始めた。

下からは魔法や矢が無数に飛んでくるのが見える。ミネルバはいよいよ恐怖の頂点に達したが、全ての攻撃はハクの眼前に来た瞬間に無力化されていった。

物騒な出迎えであったが、ハクは優雅な散歩の終わりであるかのように、ゆったりと陣中へ着地した。ミネルバがハクの背から降りた時、平衡感覚が狂っていたのか、転びそうになってしまった。

なんとか立て直す。

そんな彼女の視線の先には、銀の刺繍が施された黒いコートの魔族の男がいた。

風体から判断するに、あれが識王シダーガなのだろう。隣には、ミランもいる。

「ミネルバ！　どうしてここに!?」

「……はーい、ミラン、ご無沙汰。私も知りたいわ。でもとりあえず、あなたを迎えに来たわ」

二人のやりとりなど気にする余裕はないのだろう、識王はハクを見るや否や、狼狽した声色で呻いた。

「白竜……！」

「久しいな、魔族の王よ。随分と手こずらせてくれたが、回収に来たぞ」

『ピッケルの妻よ、鱗を』

頭の中に響いた声に従い、再び鱗を取り出すと、シダーガの手から杖が引きはがされるように飛び、ミネルバが持つ鱗へと吸い込まれた。

「くっ……」

シダーガの顔が歪む中、ハクが言った。

「さて。簒奪者《さんだつ》にはそれなりの罰を与えないとな。ここにいるのは我が分体とはいえ、そなたの率いる軍勢程度なら、蹴散らす力を有しておるぞ？　どうする？　魔族の男よ。大人しく我に命を奪われるか、最後まで抵抗するか、選べ」

「ちょ、ちょっと！」

ミネルバは焦った。戦争がさっさと終わるのは、確かに望んでいることだ。だが、一番良い終わり方は、識王本人が戦争の継続を諦め、辺境へと撤退することだ。この場でもし、大人しく識王が殺されたとしても、残された軍勢はその恨みを自分たちへ向けてくることだろう。

それでなくても辺境に大混乱が起きてしまう。辺境統一の英雄としてシダーガを慕う亜人や魔族は多いと聞く。そんな者たちの恨みが、王国や、ひいてはミネルバへ向けられてしまうのは困る。

ハクは基本的に自分勝手だ。識王に罰を与えれば満足して飛び去っていくだろう。この一年の経験で、それはわかっていた。

「俺以外の奴に、手を出すのはやめてくれ、罰は俺が受ける」

シダーガが諦めたように呟き、ミネルバは思わず『ちょっと！　勝手に結論を急がないで！』と焦った。だが、一人と一匹の睨み合いを止めたのは、思わぬ人物であった。

「やめてくれ！　見逃してやってくれ。こいつはそんなに悪い奴じゃないんだ」

識王の前に立ちはだかったミランだったが、ハクはそれを一瞥して冷たく言った。

「人格の問題ではない。罰は罰だ。再度同じことを起こさぬために、見逃すことはできん」

「そうかい、どうしてもやるってんなら……俺もできるだけ抵抗するぜ。あんたらから見れば、ゴミみたいな存在だろうがな」

ミランは呪文の詠唱を開始する。シダーガは、ミランに縋るように止めた。

「やめろ！　無駄だ、どくんだ！　白竜、頼む、やるなら俺だけにしてくれ！」

「知らん。その男が共に罰を受けたいのなら、勝手にすれば良い。他に罰を共有したいという物好きがいるならば、面倒だ、一度に我が前に立て」

無慈悲に執行を宣言し、ハクはすうっと息を吸い始めた。ブレスを放つつもりだ。この大きさですら黒竜を若造呼ばわりできる力を持つハクのブレスは、一体どんな威力になるのか。識王ですら抵抗の意思を見せない辺り、恐らくミラン程度では防げるはずがない。

(どいつもこいつも、勝手に盛り上がらないで!)

こんな時も、変に状況に対して冷静に考えてしまう自分に苛立ちを覚えながら、叫んだ。

「ハクお願い、やめて!」

しかし、ハクは意に介した様子もなく息を吸い込み続ける。自分では力づくでハクを止めることもできない。自分ができることで、なんとかハクを止めるには……!

思わず掌中の鱗を握り締め——ふと、ピッケルとのやり取りを思い出した。

『ハク! いい加減にしないとあなたの弱み、みんなにバラすわよ!?』

頭の中でそう叫ぶと、ハクは吸い込むのをやめてミネルバを見た。

『弱みとはなんだ? 我に、そんなものはない』

『そうかしら? 竜の帝王を気取るあなたが、実は何千年も交尾の経験がない童の貞王だってこと、バラしちゃってもいいの!?』

そう返すと、ハクは黙ってしまった。じっとミネルバを見て、フン、と鼻を鳴らす。

『くだらん。そんなことか。好きにするがいい。それにな、それはだな、勝手にお主が思い込んでいるだけで、勘違いでしかない』

ハクはやけに早口になってミネルバに返答してきた。

——イケる!

ミネルバは口の前に両手を当て、その場にいる全ての者に届くよう叫んだ。

「皆さーん!! 聞いてくださーい!!」

「我が声に耳を傾けよ!!」

ハクが咄嗟に、ミネルバの言葉に被せるように発語した。

『でもな! そんなお主の妄想をな、根拠もないくだらないことをだな、世に流布《るふ》されるのもかなわん! わかった、しばし、猶予をやる!』

焦ったような脳内会話のあと、ハクは厳《おごそ》かにシダーガへ語りかけた。

「魔族の王よ、感謝しろ。我が友であるピッケル、その妻の要請ともなれば、無下にできん。しばし、罰の執行に猶予を与えよう」

『ありがとうハク! あ、でも私これから彼と話すけど、私の言うこと聞きそうもなかったら思う存分、やっちゃっていいから』

『ふん、猶予は与えた。これ以上お前の言うことを聞く気は……』

「皆さーん! この白竜偉そうにしてますけどぉー! 実は!」

「意外とフレンドリーと山でも評判なのだ! この者の言葉を、我が言葉と思って聞くが良い」

どうやら、交渉は上手くいったようだ。交渉ではなく、脅迫と呼ぶのかもしれないが。

『まったく。何故ピッケルはこのような女と……』

ハクのぶつぶつとした文句が頭に届くが無視して、識王のそばへ近づいて、ミネルバが言った。

「ご挨拶が遅れました。初めまして、識王様。そして突然で申し訳ありませんが、軍を引いてください。でなければ、この白竜はこれ以上止められません」

「……わかった。どうせ杖を失った以上、そうするしかねぇしな。なんだかすまねぇな、助かった」

　顔を伏せるシダーガを見て、ミネルバは次にミランを見た。

「あなたさぁ、こんなことで死んだらガンツが可哀想すぎるわよ。私とピッケルが何故来たか、わかるでしょ？」

　ミネルバの指摘に、ミランは顔を歪めた。

「そうだな、すまねぇ……」

「案内するから、早く顔を見せてあげて。凄く心配してたんだから」

「ああ、頼むわ」

「そういえば、フェイは？　来てない？」

「ああ、あっちに転がされてる。あいつ、実はとんでもない奴だったんだな」

「ま、その辺も帰ったらおいおい話すわ。とりあえず連れて帰りましょ」

　ミネルバはほっと胸を撫でおろした。

（とりあえず、これで一段落……かしら？）

　緊張の糸が解け、長いため息をついた時であった。事態を静観していたハクが、こんなことを言い出したのだ。

「とはいえ、やはり、罰は与えねばならん」

　ミネルバは振り向き、頭の中で『台無しにしないで！』と文句を言いかけたが、その前にハクが
『命を取るわけではない。ただ事実を告げるのみだ』と言ってきた。

「魔族の王よ」

「……なんだ、白竜、やはり気が変わって俺を殺すのか？」

「お主は復讐者を気取っているのかも知れぬが、もっと己を省みよ」

「……どういうことだ？」

「お主は我から杖を簒奪し、その力を自らの力の如く自惚《うぬぼ》れた。それにより周囲に不要な戦を巻き起こし、恨みを買い、それが因果となりお主の妻子の命を奪ったのだ。すぐに杖を我に返していればば防げた悲劇だ。妻子を死に至らしめたのは、他の誰でも、なんでもない。お主の分不相応な野望だ。因果の監視者である我が、それをお主に告げることを、罰とする。簒奪者とはいえ、お主には返しきれない恩があるのもまた事実。その恩と、ピッケルの妻に免じて、此度はこの程度にしておいてやろう」

「……わかった」

識王シダーガ。魔王とも呼ばれる、邪神討伐の四傑にして、辺境統一の立役者である稀代の英雄は、白竜の指摘に目を伏せ、深く息を吐きながら頷いた。まるで、そこにいない誰かに、取り返せないことを詫《わ》びるかのように。

こうして、識王軍の撤退が決まった。その報はすぐに、王都まで届くこととなる。

……白竜を、言葉一つで我が物のように使役する、恐ろしい女がいるという噂と共に。


「あ、フェイ、起きたよー」

目覚めたフェイはすぐに、自分の置かれた状況を概《おおむ》ね把握した。ヤンに伸《の》されたあとで拘束されていたのを、ピッケルが解除して起こしてくれたのだろう。

「あーすまん、油断した」

周囲を見回すとそこはピオルネ村だった。ピッケルだけでなく、ミネルバ、ミランもいる。村人たちは荷物をリヤカーから下ろし、家へ運び込んでいる。恐らく、避難しようとしたのをやめたのだろう。フェイはバツの悪さを感じながら、ミランに言った。

「ミランさん、すみません。偉そうに言ったのに心配かけて。ガンツさんは？　もう会えました？」

「ああ、まだ村に戻ってきていないようだ。もうすぐだろう、ってことだが」

「オレが格好よく引き合わせたかったんですけどねぇ」

「いや、わざわざありがとよ。しかし、お前が【四矛四盾】なんてなぁ、ま、もっとも捕まる前はそんな奴ら知りもしなかったけどよ」

「この状況じゃ、何言っても格好つかないですけどね。ちなみに、オレはどうやってここに？」

フェイの疑問には、ミネルバが答えた。

「私が白竜に頼んで運んできたわ。本人はもう帰っちゃったけど。村人が驚いて大変だった」

「白竜……見たことないな。そうか、帰る前に起こしてほしかったな。礼を言いたかった。あと、せっかく白竜に乗せてもらったんなら起きてたかったなぁ」

「そお？」

「いや、竜に乗って飛ぶなんて、男に生まれたらみんなが持つ夢、まであるよ。ねぇ？　ミランさん」

「お、おう！　勿論《もちろん》だ！　最高だったぞ！」

「へぇー。最高だったんだー、あれで……」

「お嬢！　こら！　黙っとけ！」

ミネルバが意地悪く言うのを、ミランが焦って止めようとしているのを見て大体察しながら、フェイはピッケルに聞いた。

「ヤンは？　もう殺しちまったか？」

「いや、気を失ってるからミアーダの家に寝かせてる。殺さないよ、友達の弟は」

「お前とダチになっておいて良かったよ、ちょっと様子を見てくる」

「手加減したから、たぶんそろそろ起きると思うよ」

「手加減ねぇ……いや、すまねぇな、ありがとうよ」

改めて、ピッケルの強さに慄《おのの》きながら、フェイはミアーダの家へ向かった。


ベッドに寝かされているヤンが、髪の間から見事なたんこぶを飛び出させているのを見て、噴き出すのを堪えながらフェイは、

「おい、起きろ、ヤン」

とたんこぶを叩いた。

「いったぁあああ！」

ヤンが痛みで暴れるので、フェンは耐えきれず噴き出してしまう。

「ぷっはははは！　お前、何やってんだよ！」

「に、兄さん」

痛みから涙目になっているヤンをひとしきり笑ったあと、フェイは『力』を手に集めてこぶを押してやった。すると、こぶは綺麗に消えてなくなった。

「ありがとう……。でも、自分で治せたよ」

「一言余計だ。黙って感謝しとけ」

子供じみた表情で言い返してくるヤンに苦笑いを浮かべつつ、フェイは問いを投げた。

「なぁ、結局なんで、ピッケルを呼び出したんだ？」

「なんで兄さんに、そんなの言わないといけないのさ」

「こぶを治してやっただろう？」

「だから自分で治せたって！　それに、兄さんにはきっとわからないよ、説明しても」

「なんでそう思うんだ？　オレは話のわかる男だぜ？」

「それは……私と違って、兄さんは、すぐになんでもできて……父さんの覚えもめでたいし……

あー！　だから、わからないってどうせ！」

不貞腐《ふてくさ》れた表情を浮かべながら顔を背《そむ》け、頭を掻きむしるヤンの態度を前に、フェイは今回弟がしでかした行動が、腑に落ちた気がした。ヤンは自分と似ているのだ、と。親に褒められたくてスリを働いていた頃の自分と、間違った方法を取ってまで父を求めたヤンは。

（気づいてやんなきゃいけなかったよなぁ、オレが）

思い返せば、師は武の才覚に劣るヤンをあからさまに冷遇していた。たとえ同世代で見れば突出した才があったとしても、フェイの溢れんばかりの才覚が、それを隠してしまったのだ。

それをわかってやれなかったのは自分の落ち度であり傲慢だと、フェイは反省した。

もっとヤンのことも見てやってくれ、と師に言えば、何か変わっていただろうか。もしかすると黄龍は、こうしてヤンが間違った方法で強さを研ぎ澄ますことまで因果として見通していたのかもしれないが……そんなもの、ピッケルには通用しなかった。きっとあの男は、因果の『外』にいる、あるいは因果を『壊す』力を秘めているのだ。

この先、自分たちもできる範囲で備える必要がある。ピッケルが敵であれ、味方であれ、自分自身で運命を選び取るためには、ヤンのような孤独では付け込まれるかもしれない。

フェイはヤンに向き直った。

「ヤン、お前には足りないものがある」

「なんだよ、わかってるよ。わからされたばっかりだよ。強さでしょ？」

少し前の自分と、似たようなことを言うヤンに、思わずふっと笑って、言った。

「そんなんじゃねぇ。お前に足りないのは、ダチだ、ダチ」

「え？　どういうこと？」

「これから教えてやるよ。まずはケジメだな。一緒に謝りに行ってやるよ。オレは……お前の兄貴だからな」

フェイの台詞に、ヤンは驚いた表情を浮かべ、しばし言葉を失っていた。ヤンから兄さん、と呼びかけられることはあったが、フェイがヤンに向けて、自分は兄だと称したのは、これが初めてだったせいかもしれない。その後しばらくして、ヤンが笑みを浮かべた。

「……なんか兄さん、変わったね。三年も会わなかったせいかな」

「ん？　ああ、そうかもな」

　――本当は、変わったのはつい最近だけどな。

という言葉は呑み込む。食べきれなかった煮込みのことを思い出しながら。今やっているのは、所詮どこかの誰かの真似事かもしれないな、と感じながら。

　せっかくの兄弟だ、足りないものが一緒なら――二人で補えばいいさ、と思った。


「なーにソワソワしてんのよ、恋人に会うみたいじゃない」

「いや、気持ち悪いこと言うなよ、でもしかたねぇだろ……」

　ミネルバがミランと話しているのを、ピッケルは微笑ましい気持ちで眺めていた。ミランはガンツに会うのが待ち遠しくて仕方がないようで、ミネルバやピッケルと話しながらも、先ほどから何度も、村の入口の方を振り返っている。間が保たない様子のミランに、ピッケルは気を使ったつもりで言った。

「ガンツさんもきっと喜びますよ、ミランさんのために命まで懸けたんですから」

「えっ？」

　ミランはミネルバから顔を逸らし、ピッケルの方を驚きの表情で見た。ピッケルは何か特別な意図を籠めたわけではなかったので、どうしてミランがそんな顔をするのか疑問だった。

ミランの後ろから、ミネルバがピッケルの言葉を補足するように説明する。

「そうよ。私たちの家は普通の冒険者が生きられる環境じゃないのに、ガンツは命懸けで私たちの所へ依頼しに来たんだから。どれだけ感謝しても、し足りないわよ？」

「……そうか」

「大体ねぇ、あなたがもっとしっかりしていればこんなことに……」

「ミネルバ、ちょっと……」

「えっ？　どうしたの、ピッケル」

ミランの表情が見えないせいか、まだまだ続きそうなミネルバの言葉を、ピッケルが遮った時。

「マスター！」

ちょうど村人の一団を引き連れ、ガンツが戻ってきた。

すぐにミランに気が付いたのか、集団から離れ駆け寄ってくる。ミランも呼びかけに反応して振り向く瞬間、ピッケルは見逃さなかった。

一瞬、泣き出しそうな表情を浮かべたミランが――顔の表情を引き締めてから振り向いた。

「よおガンツ、久しぶりだな。さっそくだが、歯ぁ食いしばれ」

ミランの一言に、笑顔を浮かべていたガンツは、何かに気が付いたように真剣な表情をしたあと。

「……はい」

返事をして、ミランの前にガンツが神妙な面持ちで立った、次の瞬間。

ガッ！

ミランの拳が、ガンツの横顔に叩き込まれ、ガンツは尻もちをついた。突然の出来事に、ミネルバが怒声を上げながらミランの肩を掴んだ。

「ちょっと！　あなた何してるの！　正気なの⁉」

「お嬢、わりぃが、これは俺とガンツ……いや、【栄光】のマスターと、所属する冒険者の問題だ。ピッケルもうちの冒険者ってことになってるから、一応言っておくぞ」

ミランはミネルバの手を払いのけながら、一度深く息を吸い込み、ゆっくりと吐き出したあとで語り始めた。

「うちはな、ごちゃごちゃした決まりなんかねぇ。そりゃそうだ、そんなのあってもマスターの俺が守る自信がねぇ。だけどな、唯一これだけは駄目だって決まりがある。そりゃあ俺のために命を懸けることだ、それだけは厳禁だ。助け合うのは当然だ、弱小だって、ギルドだからな。だが、それは命あっての物種だ。死ぬぐらいなら、俺は見捨てろ。俺も、お前らのために、命なんて懸けられねえし、お前が、お前までもが、俺のせいで、死んだり、したら……俺は、俺は……」

「マスター」

最後には言葉を震わせ始めたミランの言葉を遮って、ガンツが言った。

「殴られ損みたいになっちゃいますが、俺は命なんて懸けてませんよ。二人はちょっと大げさに言ってるだけです。マスターのために、俺が命なんて懸けるわけないでしょ？」

憎らしげに言ったガンツの言葉に、しばしきょとんとした表情を浮かべたミランだったが、やがてニヤリと笑みを浮かべながら返した。

「ああ、当たり前だ、当然だ」

「でしょう？　だからマスターも俺のために命なんか懸けないでくださいよ？」

「ったりめぇだろ！　俺がそんなことするか！　示しがつかねぇだろ！」

「はい！　ではさっきの分、間違いだったんで一発殴らせてください」

「嫌だ！　あ、もう一つ決まりあった！『マスターは殴るべからず』忘れてた！」

「そんなのないです。さあ、俺は優しいので今なら右頬、左頬、両頬から選べます。オススメは両頬です」

「やめろガンツ！　おい、ピッケル、止めろ！　マスター命令だ！」

二人のやり取りを聞きながら、ピッケルは苦笑いを浮かべた。

（ひどいなぁ。流石に俺だって騙されないよ、こんな嘘）

ピッケルは、やっぱり来て良かったと思った。何故なら、こうして絆《きずな》を深め合う、優しい嘘もこの世にあるのだと学べたからだ。


識王軍との騒動が終わって、三日。ピッケル一行はまだ村に滞在していた。

ミネルバは「お風呂が気に入ったからよ」と言っていたが、恐らく、村人の気持ちが落ち着くのを待ってくれていたのではないか、とミアーダは考えている。彼らの尽力もあって村人は心の平穏を取り戻し、今は皆、以前のような暮らしぶりに戻っていた。

この三日間は色々あった。

出戻ったデリックが、ピッケルに弟子にするようせがんだり、ヤンが勝手にピッケルの一番弟子を名乗ったりという騒動には、肝心のピッケルは苦笑いするのみであった。ヤンは、ピッケルたちとも打ち解け、仲間となっていた。

ヤンがゲンコツを受けて倒れた翌日、似たような紺の服のボロボロの女が村を訪れた。ティーファなる女を見てミネルバは顔を引きつらせていたが、ティーファが「ごめんねぇ」と軽い感じで謝り、一応手打ちとなったようだった。

ミアーダの目から見てもあまり仲良さそうな二人ではなかったが、ミネルバがティーファを見ながら「いいなぁ、あの垂れ目……」と言ったことは聞き逃さなかった。ミアーダからすればミネルバも雲の上の存在のような美人なのだが、美人の悩みはよくわからないな、と思った。

フェイとヤン、ティーファは、ピッケルたちが帰る前日に村を旅立っていった。三人で、故郷であるハーン帝国の帝都に戻るらしい。

——歩きながら、この三日の出来事を思い出していたミアーダは、ピッケルの「この辺でいいよ」という言葉で現実に引き戻された。

ミアーダは、デリックと共に村の外まで一行を見送りに来ていた。本当はまだ離れたくはないが、あまり付いていっては迷惑になってしまう。

名残惜しさを堪え、ミアーダはここまでで歩みを止めた。

「はい、本当に、本当にありがとうございました。これ、受け取ってください」

ミアーダは持参した袋を、ピッケルへと手渡した。

「これは？」

「私が作った、赤ちゃん用のおくるみです。気が早いかなって思ったんですが、ミネルバが旅が終わったら子供を作る予定だって言ってましたし。お二人が子供に恵まれた時に、使っていただけたら……あ、あの火吹き羊製の物には劣ってしまうと思うんですけど……」

「そんなことないよ。子供を授かったらぜひ使わせてもらうよ、ありがとう」

「こちらこそ、ピッケルさんたちがいなかったら、本当にどうなっていたのか……。また、絶対、遊びに来てください！」

「うん、また来るよ。本当は、あの小麦が穂を付けるのを見たかったんだけど……。うちの農閑期は秋の終わりから冬の間だから、春はなかなか見に来れないかな」

「そうですか……。じゃあ、私、お二人の所に届けます。収穫した小麦を、必ず」

「それもちょっと難しいかも。俺の家、かなり辺鄙《へんぴ》な所にあるから。あ、そうだ！　家は難しいかもしれないけど、王都にもし来ることがあったら、冒険者ギルド【栄光】まで届けてくれれば、必ず受け取るよ」

「はい、わかりました、必ず、必ずお届けします」

「無理しなくていいからね。来れる時でいいよ」

ミアーダは、ピッケルに対してはずっと敬語を使っていた。ピッケルも苦笑いしながら「敬語はやめてよ」と言ってくれていたのだが、ミアーダが頑ななので、諦めたようだった。

ピッケルと一通り挨拶したあと、ミネルバがリヤカーから降りて、ミアーダの元にやってきた。

「ミアーダ、おくるみありがとう。なんだかちょっと恥ずかしいけど。あ、そうだ」

ミネルバは、襟元に手を入れ、しばらくごそごそと動かしたあと、白く輝く鱗をミアーダへと差し出してきた。

ひと目で値打ち物だとわかるそれに、ミアーダは困惑した。

「お世話になったわね。これおくるみのお礼とお風呂代よ、受け取って」

「えぇ！　お世話になったのはこっちだよ、受け取れないよ」

遠慮するミアーダにミネルバは手を取り、押し付けるように渡してきた。

「いいの、もうこの鱗は、役目を果たしたらしいから。でも、縁起のいい御守りだから、あなたに持っておいてほしいの。せっかくお友達になれたんだから、これを見て、たまに私たちのことを思い出して」

「こんなのなくったって忘れないよ……でも、ありがとう。大事にする」

「あと、あなたにアドバイスがあるわ、耳かして」

「え、うん」

ミネルバが耳うちしてくる内容に、何度もミアーダは頷いた。

ピッケルが「なになに？」と聞いてきたが、「女同士の秘密よ」とミネルバは笑った。

「じゃあ、またね！」

「うん、また！」

最後の別れの挨拶を交わしたのち、リヤカーが出発する。

リヤカーが見えなくなるまで手を振って見送ったあと、ミアーダは隣にいたデリックに話しかけた。

「なんか、うちの村って凄くない？　二回も、足踏みで助けられちゃうなんて」

「ああ、すげーよなぁ」

かつて村を足踏みで救った聖人、ピオレ。今回もまたそうして救われたことに、ミアーダもデリックも、運命的なものを感じていた。

「ピオレ様は『聖人様』だったけど、ピッケルさんのことは、なんて呼べばいいんだろうね？」

「うーん、呼び方被っちゃうとわかりにくいしなぁ」

しばらくミアーダは考えてから、ふと、思いついた呼び方を幼馴染に披露した。

「『農閑期の英雄』とか、どう？　かっこいいと思わない？」

わりと自信を持って発言したミアーダだったが、デリックは口を尖らせた。

「はぁ？　うちの村、農閑期ねーじゃん。一年中何か育ててるし」

「……ほんと、あんたって詩心？　みたいなのが一切ないわね。そんなんじゃ、女に愛想つかされちゃうわよ」

「何言ってんだよ、布バカの癖に」

「うるさい、村飛び出しバカの癖に」

「む、村飛び出しバカってなんだよ!?」

「村を飛び出すバカよ、こんないい女を置いて」

「……」

言葉に詰まったデリックを見て、別れ際のミネルバのアドバイスを思い出す。

「最初が肝心よ。交渉も、男と女の関係も、最初にペースを握らないとね。私はやられっぱなしだから、あなたくらいは完璧に勝ってちょうだい」

友人の言葉に、心の中で、ふふふと笑ったあと、ミアーダは踵を返した。

「さあ、戻りましょ、村にはやることいっぱいあるんだからね」

「えっ、あっ……お、おう」

突然手を握られて、慌てるデリックを引っ張りながら——ミアーダはいつもの生活へと戻っていった。


「つくづく、惜しいことしたわー」

村を離れてしばらく進んだ頃、リヤカーの荷台で愚痴るように呟いたミネルバに、ミランが笑いながら言った。

「けち臭いこと言うなよお嬢。なら、白竜の鱗なんてやらなきゃ良かったのに。あれ一枚で、相当な価値だぜ？」

「違うわよ、そっちじゃないわ。依頼よ、依頼。識王討伐はともかく、こんなことになるんなら受けとけば良かったわー」

「依頼？」

「エンダムの防衛と、識王軍撃退って依頼があったのよ。受けておけば良かった」

ピッケルがフェイと戦っていた頃、アスナスの元を訪れていたミネルバとガンツは、依頼を巡ってアスナスとちょっとしたやり取りをしていた。

識王討伐、難易度S。識王軍撃退、難易度S。エンダムの防衛、難易度S。どれもまともな冒険者なら受けるはずもない依頼ばかりで、一悶着の末に全部断ったのだ。

「なんだそれ……。冒険者にする依頼じゃねぇだろ」

「でしょ!? 断るわよね、普通! こんなにあっさり戦争終わると思わないし!」

「まぁでも、お前の旦那、関係者込みで普通じゃねぇからなあ。普通は白竜なんて来ねーよ、伝説の生き物だぜ?」

「……まぁねぇ。でも依頼料もそうなんだけどさ、王都に戻ったら、またアスナス様の所に行くんだけど、その時に『ほら見たことか』みたいなこと絶対言ってくると思うの。それが悔しくて悔しくて……」

「あー。それは思い浮かぶようだわ……。何かその時の、あの人の顔を想像するだけで腹立つわ」

「でしょう!?」

アスナスの陰口を聞いていたピッケルは苦笑し、振り返った。

「さぁ、そろそろ飛ばそうか」

そう言って、前を向いて竜語を口にした。

すると、初めてピッケルの竜語を耳にしたであろうミランが、怪訝そうな声で問いかけた。

「おいピッケル、一体何を……お、おわぁあああっ!?」

リヤカーが地を離れ、宙にふわふわと浮き始めると、ミランはさらに慌てふためく。

「おい! ピッケル! 降ろしてくれ! 俺、この宙に浮いてる、ふわふわ感ダメなんだ!」

と絶叫した。

そういえばリヤカーの機能はミランに説明していなかった。ピッケルが口を開こうとするのを、ミネルバの大笑いが遮った。

「あはははは、ハクの上でも凄かったもんね！　あなたが怖がってる姿、面白すぎるわー！　あの時も、村に着くまでずっと大騒ぎだったし！『ふわふわがー！　ふわふわがー！』って！」

「おい！　お嬢！　俺が怖がるのわかってて、なんで黙ってたんだ！」

「決まってるじゃない、もう一度見たかったからよ。竜に乗って飛ぶのは男の夢なんでしょ？　これも同じよ。さあ、再び夢を叶えましょう！」

「おい、ピッケル！　お前の嫁、性格悪いぞ！　ダンナとして、一言何か言ってやれ！」

必死に抗議してくるミランへと、ピッケルは再度振り向きながらきっぱりと言った。

「ミランさん、うちの嫁を悪く言うのはなしですよ」

「お、おい、ピッケル、これはギルドマスターとしての命令だ！　今すぐ……お、おわあああぁぁあああ!?」

少し、悪戯心を芽生えさせながら、次第に速度を上げ、そして全力で走り出す。

「おおおお、降ろしてくれーぇえええ！　ふわふわがー！　ふわふわがー！」

「あはははは！」

ミランの叫び声と、ミネルバの笑い声が、秋の空へと響く中。

ピッケルは一路王都を目指し、リヤカーを引っ張った。

あとがき

本書を手に取っていただき、ありがとうございます、著者の長谷川凸蔵と申します。

あとがきということで何を書けばいいのかと迷いましたが、私が何故この話を書くに至ったかという経緯を記そうと思います。

私は普段「小説家になろう」にて同名で活動しております。サイト上では日々多くの作品が投稿され、その中でも選りすぐりの作品は書籍化、コミカライズ、アニメ化など、多くのメディアへと活躍の場を広げ、新たな流行を生んでいるのは今更私が語るまでもないと思います。

小説家になろうは日々、プロアマ入り乱れて読者獲得の競争が行われ、そこで勝ち抜いてランキング上位に掲載される作品は一握りです。私は謎の自信と共に初めて小説を書き、競争に参加しました。しかし自作はほとんど読まれることなく、いつしかそれは当然だと思いながらも、日々「もっと読まれたい」という相反する気持ちを抱えていました。

詳細はここには記しませんが、私は同じように苦しんでいる「同志たち」に出会いました。

彼らには大いに助けられました。自作の駄目な点を指摘され、改善する。また、他の方が書いた作品の問題点、修正案を考え、提案する。小説家になろうで書く以前は、小説など読むだけだった自分の力は、彼らに鍛えてもらったと思います。

そんな日々を過ごす中、ふと「やりがい搾取」という言葉に出会いました。

人は、行動にやりがいを求めます。それを巧みに利用し、成果に対して十分とは言えない報酬であるにもかかわらず、「やりがい」をまるで報酬のように与え搾取する、といったやり方です。

これだ、と思いました。

しかし物語としては、真逆の内容にしようと考えました。それは「頑張ってる奴が、報われる話」「主人公とその周囲が、幸せになる話」です。

やりがい搾取という言葉が一般的になっているからこそ、それに負けない男。それと共に「自分が感じている閉塞感、壁をぶっ壊してくれ」という気持ちでピッケルと名付けました。

それがこのように書籍という形になったことには、感慨もひとしおです。ピッケルは私も周囲の人間と認め、幸せを分けてくれたのではないかと思います。

そして私を鍛えてくれた「同志たち」が、この結果を見て「自分も続くぞ！」と奮起する一材料となってもらえれば、これ以上の幸せはありません。


最後に。

読んでいただいた読者の方はもちろん、この作品を書籍化しようなどと勇気ある決断をされた出版社様、そして粗の目立つ私の作品を、素敵な化粧を施した美女のように変身させてくれた編集のI様、私の雑な指示にめげず、想像を遥かに超える素晴らしいイラストを描いていただいたイラストレーターのフキタさまに厚くお礼申し上げると共に、あとがきに代えさせて頂ければと思います。

本当にありがとうございました。

BKブックス

農閑期の英雄

～騙されてSクラス冒険者になった農家の青年、実は最強でした～

2020年3月20日　初版第一刷発行

著　者　**長谷川凸蔵《はせがわとつぞう》**

イラストレーター　**フキタ**

発行人　**大島雄司**

発行所　**株式会社ぶんか社**
〒102-8405　東京都千代田区一番町29-6
TEL 03-3222-5125（編集部）
TEL 03-3222-5115（出版営業部）
www.bunkasha.co.jp

装　丁　AFTERGLOW

編　集　株式会社 パルプライド

印刷所　大日本印刷株式会社

ISBN978-4-8211-4551-5

Printed in Japan